飞扬

飞扬·青春校园记忆美文精选

一直很安静

省登宇 主编

国际文化出版公司
·北京·

图书在版编目（CIP）数据

　　一直很安静 / 省登宇主编 . —北京：国际文化出版公司，
2012.6（2024.5 重印）
　　（飞扬·青春校园记忆美文精选）
　　ISBN 978-7-5125-0359-5

　　I. ①一… 　II. ①省… 　III. ①散文集－中国－当代
②短篇小说－小说集－中国－当代 　IV. ① I217.1

　　中国版本图书馆 CIP 数据核字（2012）第 065534 号

飞扬·青春校园记忆美文精选·一直很安静

主　　编	省登宇
责任编辑	李　璞
统筹监制	葛宏峰　李典泰
策划编辑	何亚娟　胡雪虎
美术编辑	刘洁羽　王振斌
出版发行	国际文化出版公司
经　　销	国文润华文化传媒（北京）有限责任公司
印　　刷	三河市同力彩印有限公司
开　　本	700毫米×1000毫米　　　16开
	10.25印张　　　　134千字
版　　次	2012年6月第1版
	2024年5月第2次印刷
书　　号	ISBN 978-7-5125-0359-5
定　　价	39.80元

国际文化出版公司
北京市朝阳区东土城路乙9号　　邮编：100013
总编室：（010）64270995　　传真：（010）64270995
销售热线：（010）64271187
传真：（010）84271187－800
E-mail：icpc@95777.sina.net

CONTENTS 目录

第 3 章　城恋记

第 4 章　微爱

目录 CONTENTS

第 1 章

童年记忆

树枝低低地擦过头顶，像是一位长者意味深长的抚摸，
手臂上满是岁月在不经意间划下的伤痕

杨

◎文/夏克勋

据我爷爷说，在我的老家东月镇，每个人生来都是一棵杨树。

东月镇终年都是静悄悄的，在华北平原广阔的土地上，你随处都会碰到这样的镇子，它蜗居在大河柔软的腹部，在千百年荡漾的水波声中如酣然入睡的婴孩。一圈圈高大挺拔的杨树像母亲无微不至的围绕着镇子村落，年复一年如守卫城堡的骑士一般矗立着，竭尽全力把手臂伸至小镇的头顶，悬挂在树干上的一串串树叶像极了大树宽大蓬松的绿色旗袍，夏日的晚风把夕阳的发丝呼啦啦地吹到树叶上，旋转的树叶像是暗红色的云层在空中不住地翻滚。大树隐忍的勤劳使一整个夏季的燥热都被隔绝在镇子之外，把投射到镇子里炙热的光线抚摸得柔和而阴暗，沿着那条碎石小道走进去，刹那间有时光倒流的错觉，像是走进了一段陌生的故事。树枝低低地擦过头顶，像是一位长者意味深长的抚摸，手臂上满是岁月在浩浩荡荡向前奔涌时不经意间划下的伤痕。

在我的老家东月镇一直延续着这样一个风俗：一个人出生了就要在院子里种上一棵杨树。那些家丁兴旺人家的院落里，早已是郁郁葱葱的一片杨树林了。那一年的夏天，爷爷曾几次打电话说，属于我的那棵杨树长得粗壮高大，一定会给我带来好运气。我对关于杨树魂显灵的迷信说法向来是嗤之以鼻的，那段时间我正为高考忙得焦头烂额，一点一滴时间的损失都会令我焦躁不安，所以时常是他没说完，我就"啪"的一声把电话挂掉了，然后把助听器狠狠地甩出去，像是甩出去一个毫无意义的耳光。

从夏天开始，爷爷的笑声就没有停止过，他那张干巴巴的嘴总是咧到最夸张的弧度，满口的黄牙像紧密排列的玉米一样镶嵌在他暗红色的牙床上。他的皱纹在额头上层层叠叠地挤在一起，让你想起一阵阵荡漾开去的水波，那皱纹里挤满了愉悦和阳光。当他在某一天听到邮递员在墙外叫我的名字时，黝黑的脸庞就像是刚刚犁耕的土地一样整洁明朗。

邮递员交到爷爷手上的是我苦苦等了三年的通知书，爷爷把那张鲜红的快递信封举到从树叶罅隙间遗漏下来的稀薄阳光里，像是在丰收卖粮时仰起脸验钱一样辨别它的真伪，然后笑呵呵地给邮递员递上了一包烟，眼睛已快乐地眯成了一条狭长的缝。邮递员几乎没有推让就客气地收下了，这是我们老家村庄的风俗，但凡有喜事都会给报信的人一包喜烟，图个喜庆，如果是男婚女嫁的大事还要额外添上一瓶喜酒。

邮递员在推车离去时，像记起什么，停下来转身对爷爷说："夏老师，领着孩子到祖坟上去拜祭一下吧，备上一瓶好酒、一挂鞭炮去给老祖宗说道说道。"我爷爷恍然大悟地拍了下脑门，连忙谢过邮递员。

我爷爷作为村庄里最后一名教师，在十里八乡还是有一定威望的。大到结婚嫁娶，小到夫妻的床头琐事，但凡用到字的地方爷爷绝不会吝惜笔墨为请求帮忙的人一展其苍劲的书法，那些字跟随着村庄的女儿外嫁到遥远的异乡，或者看着异乡的女儿在村子里和新郎款款步入洞房。每当这时爷爷的嘴角总会显现出一抹不易察觉的微笑。

我没有见过爷爷手持教鞭站在三尺讲台上慷慨激昂的样子，我出生那年爷爷就已告别了讲台在家务农了，只是从爸爸和叔叔偶尔的回忆中还能拼凑出他当年形象的细枝末节。我爷爷是一个非常严肃的人，你能看到他的时间里他的脸都是紧绷绷的，像是缠绕在一起的一捆麻绳，而且眉头终日紧锁，似乎每天都有要紧的大事等着他去操劳。

只是我妈时常用一种喟叹的语气说，他的一生都在痛苦中挣扎。这句话就像是一记重锤，把往昔的时光敲得粉碎，无论你想捡起哪一块收藏，里面都会有一段让人黯然神伤的过往。

那一整天奶奶都在忙着拜祭祖坟的事情，先是鲜红的蜡烛和青黑色的瓷烛台被小心翼翼地放到车筐里，还有那个一直被奶奶奉若神明的小小神龛也被放了进去。我记得小时候出于好奇总要问大人要神龛里的小人拿来把玩，所有的人听到这句话都要往我脚下呸的一声吐一口痰，然后吧嗒吧嗒摔打我的小手。只有我妈曾把它拿下来放在我的手里欣赏它明亮的袍子和红得有些假的嘴唇，为此奶奶给了她一记响亮的耳光。当时我不知道它就是观世音菩萨，也不知道奶奶为什么每天风雨无阻地要在上面上一炷香，然后坐在蒲团上念叨着一些我从来都没有听懂的词句。

很多年以后我才渐渐明白，祖母信奉神明其实不是迷信，正因为他们摆脱不了尘世的烦琐嘈杂，才需要寻求一个寄托，然后再乐呵呵地继续生活。

那天晚上爷爷一夜未眠，盛夏夜晚的房间窗子一直开着，月光璀璨，越过窗棂在窗前的书桌旁涂抹了一片明亮，我起身去厕所时看到爷爷坐在那片明亮的光晕里发出一阵阵冗长的哀叹，在那样的叹息当中，仿佛周遭的一切都安静下来，去倾诉一个早已年过七旬的老人倾述窝藏在心里比月光还要漫长的故事。

我眼窝酸酸地细听着爷爷的叹息，想起了很多往事。

我家房后有一条弯弯曲曲的月河，沿着高高窄窄的河岸向北走大约七八里地，就到了一片数千亩的杨树林。每当村里某家新添一个家丁，爷爷都会去月河源头的杨树林给这个刚刚降世的婴孩选一株可以寄托魂灵的杨树。起初爷爷是不大接受别人邀请的，因为早些年选择杨树还是一种职业，多有一些流浪到此的僧人去给新生的孩子托魂。他们一路摇晃着转筒祈祷不止，随后又在杨树林里转来绕去，往往是折腾一个上午才会选择一棵杨树，他们选择的杨树高大粗壮，盘根错节的根系深入土层，一旦离开就很难存活下来。反复几次后村里人就觉得一定是自己罪孽太重触动了杨树的魂灵，便要在屋子里摆开烛台上一炷香，请求上苍原谅自己往生的罪过。

　　我最早跟爷爷去杨树林是刚过了七岁生日不久后的一天。我们动身很早，清晨凉凉爽爽，天的颜色是幽幽的蓝，还没来得及睡去的星星宝石一样闪闪烁烁，我光脚踢踏着路边柔软的小草，田野散发着沁人心脾的香甜味儿。河堤上是一条灰白的小路，路的两旁开满了各色的花朵，虽然被前一天晚归的庄稼人的脚压迫得瑟缩，但在朝露的沐浴下，依然生机勃勃。河上漂浮着一层雾，那雾气像是没有过滤的豆浆一样，很不均匀，一块是厚重的白，一块又是稀薄的灰，有时像烟囱里袅袅而起的炊烟，有时又像一朵被风撕扯的云朵。看不见的河水在雾气的遮盖下尽情地闹腾着，间或有河水搅动的声响，也许是一群鱼在一起交流彼此内心的秘密吧。爷爷不和我说话，他在前面走得悄无声息，只有板车轱辘里遗留的一根草茎敲打着旋转的车轮，叮当作响，像是一只蹩脚的乐手在敲击银盘。我有时用眼睛盯着前方，像一个得意的将军一样巡视着河流两旁郁郁葱葱耸立在田间的庄稼，那些面目粗犷胡子拉碴的男人光着上身在田里劳作，整个背脊在跳跃的晨曦中反射着古铜色的光泽，他们偶尔会停下来仰头看一下浩瀚的蓝天或者血红的日头，间或用系在腰间的毛巾擦掉脸上的汗水，然后继续弯下结实的腰，娴熟地揪掉和庄稼争夺土地的杂草，直到晚霞的触角延伸到他们脚下，男人们才会拍掉身上的泥土，然后一个猛子扎到月河宽广的腹部，把一身的臭汗幸福地甩到河里。一阵微风吹过，庄稼地里一片喃喃的低语，看到我爷爷推着车子走过时，在田里劳作的人就停下来手扶农具叫一声"夏老师"，爷爷微笑着向他们点头致意。此时太阳已是高悬头顶，雾散了些，仍然像丝带一样低低地缠绕着田野和田野里的庄稼。

雾越来越淡，河流终于露出了鲜红的脸蛋儿，哗哗的水声反射着银白的光，远看像是镶嵌在大地上的一面狭长的镜子。瓦蓝的天空绽放着几朵棉花云，边儿上点缀着绚丽的粉红色。太阳正在踩踏着遍地的露珠披着鲜红的霞衣从东方的地平线上款款升起来，河水像被倒进了几千缸的染料晕染开一样，目之所及一片暗红色。在那片红色被洗涤之后，阳光就像是忽然闪亮的电灯一样天地间忽然就亮堂起来了，草叶上还没来得及滑落的露珠像珍珠一样闪闪烁烁。河面上向我们透出了一道明亮的光柱，我们走到哪儿那道光柱就跟随着走到哪儿。

草甸子里积聚起来的大风把割草的姑娘们的帽子吹得飘来舞去，草丛中忽然飞起几只夜宿的鸟儿，在半空中叽叽喳喳地叫着。更多的鸟儿飞到空中盘旋鸣啭，原本平静的草甸子顷刻间就闹腾起来，显示出一片勃勃的生机。爷爷停下车说："孩子，累不累？"

"到了吧，爷爷？"

"嗯，就是那片杨树林。"

我顺着爷爷的手抬眼望去，视野里被大片大片翻滚的绿色晕染开，摇来晃去的叶子反射着斑斑点点的阳光，一阵风吹过，那些亮斑就在一片绿色的海潮中盈盈起舞，在我依然沉浸在那片绿色带给我的震惊里时，爷爷早已扛着铁锹在向下的慢坡上一路小跑着下去了。

爷爷说选择一棵寄托命根的杨树是非常困难的事情，爷爷在一棵棵幼小的杨树之间来回检阅，拍拍结实的树干，耳朵贴上去倾听树的声音，他常说树也是通人性的，在你选择它时它会告诉你属于树的心事，每一棵树都在等待着可以陪伴终生的人。这样的理论对当时的我是无法理解的，我只是急着问爷爷我的那棵杨树告诉了他什么，爷爷一把把我抱起来举过头顶说，它告诉我你将来会成为一个有能耐的人，可以给咱家光宗耀祖。爷爷的下巴紧贴着我的额头，灰白坚硬的胡碴把我扎得嗷嗷乱叫，我挥舞着手里的树枝大叫着我要当一个指挥千军万马的将军。爷爷爽朗的大笑惊动了树林里栖息的鸟群。

迷蒙中感觉爷爷在推我，睁开眼睛爬起来一看，太阳已挪到了西边，在树林里和爷爷吃过简易的午餐后，爷爷割了一捆青草铺在车子里让我躺上去，我睡了一大觉，透过树叶罅隙洒下来的阳光被褪去了燥热，树林里夹杂着鸟语花香的热风吹得我舒舒服服地进入了梦乡的深处。爷爷已把选好的杨树移出来扛到了河堤上。

"孩子，快醒醒，帮爷爷把车子推上河堤，天不好，得赶快走，不然回去的路会被大水截断了。"爷爷站在河堤上焦急地朝我喊着。

晴朗的天空像是给人开了一个玩笑，突然在天上劈开了一道闪电，迷迷糊糊中我还以为是梦中的景象，太阳的光线已变成了橘红色，很短，好像没射到河堤上就被截断了。直到茶色的天空布满了乌黑的云，我才慌忙跳下来把车子拽上河堤。

"是要刮大风了吗？爷爷。"

"山雨欲来风满楼，走吧，孩子。"

我听不懂爷爷说的话，帮他把小树抬上去，爷爷还顺带割了几大捆青草，小车被堆得像一座小土丘一样高，爷爷在车把的横杠上拴上一根细绳子，说："走吧大将军，把你冲锋陷阵的力气拿出来，拉车。"

大堤弯弯曲曲，像是一条大蛇盘在地上，我推着车子在蛇背上艰难地顶风走。这时从云缝里泻下来的是绿色的亮光，我低头看见自己的肚脐，再往下是膝盖，最后看到我的黢黑的脚趾。我偶尔回过头，看到爷爷额头上因用力而曲张暴突的青筋，像是隐藏在潮湿土地表层的蚯蚓一样让我心里发怵。爷爷正泪汪汪地盯着我，我赶紧低下头，死命地去抓那根牵引在车辕上的绳子。

走了几里路，太阳就彻底被黑云给遮住了。天地间一片混沌，没有明显的界限，田野里的一切都隐匿了声音，偶尔有窜过去的兔子或是田鼠，但也都是一闪而过没有任何声音，我恐惧地看着爷爷，爷爷的眼睛木然地盯着前方，没有任何表情。

河堤下的庄稼仿佛是一群醉汉摇头晃脑站立不稳，依旧是听不到任何声音。河里也有被大风给掀起的细小的浪花，同样没有声响。天空中又是一声炸响，这次我吓得钻到了车子底下捂紧耳朵，被劈开的黑暗被一束短暂的光给隔开，那片狭长的天地忽又被染成了紫色，还有扑鼻的烧荒草的气息，野薄荷的清凉味儿混合着青草的潮湿，一起飘荡开来。

我从车缝里看到爷爷的脸，他的眼睛还是木然地瞪着前方，脸上没有任何表情。

"爷爷，那是什么？"

"大风，躲在下面别出来。"

我看到前方地里的庄稼渐次被撞弯了腰，好像是一堵看不见的墙碾轧着田野慢慢向前挺进，似要毁灭一切。我们的车子在高高的河堤上，尽管爷爷在我后面扛住了车把，可是大风要横扫一切的架势不容反抗，爷爷连人带车被掀下了堤坝。"爷爷——！"我声嘶力竭地喊着，喊出的声音被大风所吞没，肩头的绳子还是攀附在我身上紧紧地绷着，这使我意识到爷爷的存在，让我感到了前所未有的踏实。我把身子尽量往下压，一只胳膊在地上丝丝地摩擦着，连接着胳膊的手死死地抓住路边的草茎，可是车子还是把我拖下堤坝，绳子像是一只受惊的蛇一样从我身上快速地滑走，我的肩上被勒出了一道暗红的绳印。

爷爷双手攥着车把，好像车上满载的是金银珠宝，他的脊背弯曲得像是一张弓，他的双脚像木桩一样立在地面上，裸露的小腿呈现出褐色的褶皱皮肤，上面布满曲张暴突的静脉，脚趾的骨节如树根一样盘根凸起。

大风过去后，天地间就像是刚被盘古锋利的斧头劈开一样清晰明朗，夕阳在云层之后露出了笑脸，像是对刚才短暂的失职抱有歉意，爷爷蹲在车下，眼睛盯着被刚才大风折断的杨树，像是一尊青铜像一样一动不动。

慢慢长大了我才知道，杨树在没有入土之前就被折断，冥冥之中就牵扯着被托魂的孩子的命运。爷爷用青草编成一根结实的绳子把断裂的杨树重新绑在一起，尽管那棵被遗弃的杨树还是由爷爷种在了院子里，却终究没有像传说中一样降临福祉。而第二年那个孩子也死去了。孩子的母亲号啕不止，丧子之痛像是一张密不透风的网，覆盖了她所有的生活，当她的意识在悲伤的浸泡中偶尔浮出水面的时候，就会突然冲进我家抓着我爷爷的衣领说："夏河川，你咒死我的儿子，你会有报应的。"有那么一段时间，爷爷不再说话，眼睛空洞无光，整天像是丢了魂一样，他开始害怕黑暗，夜里入睡也要掌夜明灯。尽管我做医生的小姑一再强调那个孩子天生就有心脏病，即使那棵树苗能在瞬间长成参天大树，那个孩子还是会死去。爷爷却始终没有理会小姑的一番说辞，他沉浸在由自责、内疚和恐惧的漩涡所搅拌起的悲伤里，无法自拔。

报应真的在第二年降临了，春天刚过，我的耳朵就往外涌动着恶臭浓稠的烈脓，顺着脖子下滑流到腋下，全身散发着剧烈的腥臭，让人感觉我的耳朵是一条阴暗的臭水沟。同时听力也急剧下降，最后再也捕捉不到外界一丝一毫的声音。爷爷抚摸着我的头，惶恐地说："是报应啊！该来的还是要来了。"关于我耳聋的事情迅速在东月镇上传开，无论我的家人怎样刻意隐瞒，消息还是传播到每一个角度。从那以后，我就被明显地从同龄的孩子当中区别开来，后来镇子上开始传闻我遭到了冤魂的诅咒，渐渐地小伙伴们开始疏离我，我陷入了孤独。

我始终没有大度到接受别人的耻笑和揶揄，哪怕是别人在我面前不经意地抬手投足，我都觉得那个动作饱含了嘲讽，有时我会不管不顾地抓起任何东西砸向对方，在学校里我的脾气坏到了极点，最后迫不得已母亲把我接回家。回家的那段日子我无所事事，便每日坐到杨树下翻看我的书本，累了就靠着杨树慢悠悠地睡着。

开始的几年母亲还带着我四处求医，年复一年的时间都是在各个城市的医院来回流转，而每当医生对我摇头的时候母亲就会蹙紧眉头，透出了深邃的绝望。后来母亲也渐渐接受了我被冤魂诅咒的说法，她把所有的愤懑全都倾泻到爷爷的身上，声嘶力竭。

再一年的开春，那棵折断的杨树竟然奇迹般地发出了嫩芽，我偶尔路过时似乎听到那些小生命在枝条里攒动的窸窣声响。而杨树刚刚长出来的细小的叶子，让我想到那个孩子的眼睛，杨树的断口处露出了丑陋的疤痕和斑驳的树皮。那么，这一定是与某种命运相联系了吧，于是我就认定这棵杨树代表了动荡的命运，在死亡的灰烬里，重新又生长起来。

爷爷为这棵树兴奋了好久，杨树直指苍穹的枝干代表着坚韧的内心。爷爷便常拉我到那树下，去倾听树的低语。我又把耳朵长久地紧贴着树干，急于探究大树复活的秘密，除了树叶摇晃的呜咽，我什么也没听到。见我没有任何反应，爷爷又说："其实这才是属于你的那棵树，在千万的人群里，它选择了你。"

母亲又为我联系了新的学校，我不知道这于我除了打发无所事事的时间之外还有什么更深的意义，而爷爷却经常写信告诉我杨树的情况，说有一家喜鹊在树上筑巢生子，看来我要交上好运气了。靠着那些微薄的只言片语，我在学校里坚持了一年又一年，我想不到，除了学校这个安静的去处之外，哪里还会收留一个耳朵失聪性格怪僻的人。

"人一旦老了，就会像孩子一样，老是冒出稀奇古怪的想法。"母亲说。

在我爷爷躺在医院里意识模糊的时候，却坚持要家里人到杨树林找一棵杨树植在他的坟头上，他说："有那棵树就有小子陪在身边，他学问大，听他说话有意思。"

当我接到母亲的快信，从两千公里以外的学校连夜赶回家乡时，爷爷已长眠于山下。我记得高考结束那年，爷爷带着我去给家族故去的先辈们上坟，我问爷爷有关杨树魂灵的说法是何时传下来的，爷爷表情木然，然后嘿嘿笑着对我说："哪有什么狗屁杨树魂，只不过是骗自己好好过日子罢了。"

"那个死去的孩子呢？"

爷爷被这一问哽住了，然后他长叹口气说："那是一个漂亮的孩子呀，怎么能让他死去呢？"

有一日，我坐在院子里的躺椅上小憩，院落里盛满的阳光糅进温和的微风里，我享受着这片刻的宁静，听到路人的对话。

"夏老师种的这棵树到底还是活过来了，啧啧啧，你看高得我都望不到顶了。"

"是啊，当初没想到它还能活呢，你说伺候这一棵树得花多少心思哪。"

我睁开眼睛，心想也许原来那棵树早就死掉了，是爷爷又找了一棵也说不定，只是爷爷在我聋了之后的年月里，得默默地忍受着多少被岁月浸染的沉重的苦痛啊！于是我又经常独自一人在树下坐上一个个夜晚，蛙声聒噪，萤火虫盈盈飞舞，月光像是从银河垂下的瀑布，我背靠着大树，把头沉入梦乡的深处，梦里杨树叶子翻滚就像哗啦啦的流水声，搅拌着我所有的乡愁。

作者简介
FEIYANG

　　夏克勋，出生于1990年圣诞节前夜，就读于四川大学文学院。喜欢史铁生，希望有一天也能写出像《务虚笔记》那样的作品。（获第十一届新概念作文大赛二等奖，第十二届新概念作文大赛一等奖）

布丁与我 ◎文/方言

拉了初中的死党 F 出来看电影。天气转暖归转暖，毕竟还是冬季，两人一路瑟瑟缩缩，絮絮地说着最近的事情。由黑眼圈扯到睡眠质量，再往下就说起了整个寒假都在锲而不舍地给我暖被窝的布丁。F 有些惊讶的样子，睁大眼睛问：那只猫咪还在你家？在的，我答。接着话题很快转移，时间地点人物交织成网，却在心里漏下一小块空白，仿佛动物毛皮纯粹的安静的颜色——原来距离遇见布丁的那个冬季，已经整整三年了呢。

F 的惊讶并不奇怪，其实连我也无比诧异，自己喜欢动物却懒而笨拙，怎么说也不是那种会照顾宠物的人。仔细想想，其实一直都是老妈负责开饭，老爸负责卫生，剩下我要做的不过是陪布丁玩而已，这才觉得正常许多。

大概是因为住在六楼，之前家里只养过一阵子鸟，我无数次"养只小狗吧"的提议都只得到了"遛弯不方便"的回答，也就是拒绝。当然我一直记得这点——放学时在楼下第一次看到布丁时记得，从暖和的外套口袋里抽出手来犹豫要不要摸摸它的头时记得，它抬起头来望着我并无比认真地用细密的小牙齿咬我的手指（虽然无论如何也咬不痛）时记得，蹲在地上发呆的五分钟里记得，抱起它转身走向楼洞时也记得。

老妈打开门，无比诧异地望着我手上那个白色的毛团。之后，老爸挪用我的热水给猫咪洗澡，在浴霸橘黄色的明亮光线下捉跳蚤捉得不亦乐乎。这时我才顾上好好打量它：大概只有三四个月大，纯白色短毛，身形瘦而匀称，脸型介于圆形和楔形之间，左眼金黄右眼浅蓝，挺挺的小鼻子连接着嘴部柔和的曲线——比起印象中扁鼻小嘴一脸郁闷的胖胖波斯猫来，还真是好看呢。再之后，由于鸡肝缺席，沙丁鱼顺理成章地进入了猫咪的临时饭碟。三人在旁站成一排，为这顿不算丰盛的晚餐面露尴尬之色，猫咪却好像不太在意，低头大嚼一条小鱼，前爪死死摁着另一条，喉咙不时呼噜作响。尚未干透的毛贴在它背上，无论如何竖不起来，威胁中透出几分可怜，看得人心软不已。

留下吧。我不知自己这话是对谁说的，是它还是老爸老妈？不过没人反对，大概就是全票通过了。

晚饭后它钻进用纸箱和棉垫铺就的临时住所，前爪抱腿，尾巴末端盖住鼻子，竖起耳朵沉沉睡去。我们则搬了椅子围作一团，讨论猫咪的名字问题。大名布丁是我给起的，眼前这团牛奶色的柔软的东西，随着呼吸的起伏微微颤动着，让人很难不想到这个——后来我才悲哀地发觉，因为基本见不到外人，这么个绝妙的名字几乎没有派过用场。小名秀秀，是爸妈决定的：一来符合它的清秀相貌与性别——给它洗澡时老爸信誓旦旦地判定这是位可爱的女士；二来取"嗅"字谐音，睡前它曾强打精神无比好奇地耸动粉红色鼻尖，把整座房子闻了个遍；三是俗一点的名字会比较好养。老妈一直激动地坚持布丁要跟她姓，因为"这样家里两种姓氏就各占一半了"，使得老爸与我无比郁闷。

奇怪的是布丁似乎不怎么喜欢自己的小名，花了半个月时间才慢慢习惯。直到不久后春天来到，某个晚上布丁开始引颈高歌，我们才发现对它的性别判断存在原则性错误。不顾老妈跟我的鄙视，这次老爸开始激动，"咱家的阴阳终于平衡了……"

不过没过多久阴阳平衡就被打破了。其实布丁除了晚上偶尔叫过几次之外一直很乖，并没有四处圈地盘之类的过分举动，本不想给他动绝育手术的，可在众多养猫的朋友晓之以情动之以理后，我们还是把它抱进了开往宠物医院的出租车。

仿佛有预感似的，布丁一路上都乖乖藏在我膝盖上的纸袋里面，耳朵斜斜地撇在脑袋后面，瞳孔缩成两条细线，怯怯地打量着外面。想想这真是件残忍的事情，这么漂亮的猫竟然连留下后代的机会都没有，我几乎不敢去看它的眼睛。转念又想到给布丁打疫苗时医生说的话——绝育手术趁猫咪还小的时候做最好不过，有益于它们保持活泼的性格；公猫的手术相对而言要简单些，恢复得也快，以现在的技术来说不会有什么危险和太大痛苦；从某种程度上来说，手术还可以延长猫的寿命。交谈中，我提到"不人道"这个词，医生马上反驳：人类尚且要节制生育，让宠物们节制生育谈得上不人道吗？何况街上那些平均寿命只有两三年的流浪宠物，大都是不负责任的主人放任宠物们自由生育的结果。于心不忍也好，不愿掏钱也好，只怕逃避手术才是真正不人道的做法。

我被医生的一番话顶得无言以对，可还是没有亲自把布丁送进手术室的勇气。回家心神不宁地等了几个钟头，终于等来了怀里抱着纸箱的老爸，后面跟着眼眶通红的老妈。探头看进去，布丁闭着眼睛躺在那儿一动不动，下腹为了手术剃掉了一片毛，套着保护伤口的简易病号服。我蹲在那儿一直呆呆地看着，心里面惨白一片，回过神来的时候鼻子一酸，眼泪终于控制不住地掉了下来——这时我才发觉，布丁已然是自己生命中不可缺少的一部分。

好在医生的话是对的，布丁的恢复速度惊人，晚上就迫不及待地开始康复活动，吃东西舔毛咬手术服一样不落。也许是麻药劲还没全过去的缘故，走路的时候腿一软一软的，加上那个神似围嘴的病号服，让人担心之余忍俊不禁。

大概是从恢复健康后开始，布丁的生活慢慢稳定下来，正式成为了家里的第四名成员。

印象里的猫是种很灵的动物。像《猫汤》里面的乌冬猫，在那个荒谬而真实的虚构世界里得到了几乎可以与人平起平坐的能力和地位，表情无辜无邪，奇大无比的黑色眼睛，望进去仿佛可以看到整个深深的黑夜；性格却不知该形容为天真还是残忍，常常近乎本能地对周围的一切施行暴力，而毫不内疚毫无责任。或者《猫的报恩》里的猫男爵，在小春因迷恋于猫儿式的闲适生活而头生双耳时大喝一声"你要把自己给丢掉了吗"，那个世界在平和表面下潜藏的恐怖感觉骤然清晰起来。或者《爱丽丝梦游奇境》里的柴郡猫，是个连残暴的红心皇后也无可奈何的存在，按自己的意愿凭空消失出现，笑起来嘴巴一直咧到耳根。又或者，像夏目漱石《我是猫》里的"咱家"，一只善于思索、见识广博、愤世嫉俗的性情中"猫"，最后失足落缸，怀着满腔苦闷与对"太平世界"的向往，重复着"谢天谢地"，安然而逝⋯⋯

在古埃及传说里，蛇代表死亡与疾病，猫则象征着拯救者；月亮女神的形象也被描绘成人身猫头。当地的许多庙宇饲养猫，并按仪式给它们喂食，流浪猫会受到善待，家猫则能分享家庭食物，死后甚至会被制成猫木乃伊，埋进专用的墓地或索性与主人埋葬在一起，以求来世仍能相伴。与牛在印度所受到的喜爱相比，猫在埃及人心目中还多了层崇拜敬畏的意味，地位可谓有过之而无不及。然而在相当一部分人眼里，猫或许只是一种牟利的工具，一味性温补虚祛湿的药材，甚至一道风味独特的菜肴。布丁来后不久，网上爆出了"美国盆景猫"的新闻，其后每当它做下了什么坏事悻悻地被老妈打脑门时，老爸都要在旁边嘟囔"再不听话就把你做盆景"，不过自从看过广东猫肉市场的报道后，那句话变换成了"再不听话就把你打包寄到广州"⋯⋯只是布丁都一样不理解，只好望着保持严肃未果的我们发呆。

不得不感叹下，也许猫是这个世界上唯一比人更有发呆天赋的动物。王小波形容人盯着人看时，就曾用过"像公猫看母猫一样"的比喻，我以为妙得很。布丁喜欢前腿支地后腿蹲坐地盯着某样东西看，尤其是人的眼睛。它可以摆着尾巴就这么看上好久好久，一旦你对它说话试图制止，它还会把头歪过一个微妙的角度，看得我心虚不已，直到没了脾气。也许世上有些事情是专为谋杀时间而生的，比如校会，比如排队，再比如与猫对视。一旦盯着布丁那双无比漂亮的眼睛——如果是在夜里，黄蓝两只眼睛还会发出绿红两色的反光，却单纯得仿佛空无一物——时间就会飞快地过去。就好比在写政治大题的时候，一旦想到"为什么我得写这个"，再回过神时半个小时已经溜走了。老妈买来两大缸孔雀鱼后，布丁发呆的地点更多换成了鱼缸前面，目光随鱼而动，每每欲扑又止，总觉得那端坐里面多了些温良恭俭让的意味。

布丁基本昼伏夜出，常常是逐阳光而卧，初睡时睡相规矩，四脚伏于身下，仿佛狮身人面像，一旦晒暖和了就变成侧躺甚至平躺，四脚朝天，大方地露出肚皮。布丁每天要断断续续地睡上十五到十八小时，书桌床铺地板冰箱大腿皆可睡也；浅睡时常会做梦，脚爪、胡须、在阳光里呈半透明粉红色的耳朵一起簌簌而动，煞是可爱。猫的体温高于人，身体柔软，用来抱着再适合不过。我常生病，布丁喜欢钻进被窝给我充当抱枕，两只一整天大睡下来，病也好了大半。

所谓人有人道猫有猫道，猫不识字不读书，然而在生活态度方面却委实堪为人师。对于猫来说，也许是没有什么丰功伟绩可言的——那么所谓生活，也就可以约等于"把握当下"了。无论小猫还是老猫总是对周围的一切充满好奇，除了极少数被紧张与恐惧所左右的时刻。看着布丁扬起眉毛饶有兴味的表情，我总不免疑惑，难道生活不是旧的？莫非世界已被人在暗中偷换过？

戴安娜·怀特说：世界上有两种人，一种人看起来像他们的宠物，另一种人则希望如此——我想自己属于后者。

有时候会觉得布丁跟自己一样，是个麻烦的臭家伙。它会蹂躏家里除了仙人掌以外的一切植物；头枕着我的枕头睡觉并拒绝给我挪地方；痛恨洗澡，一沾水便惨叫不已又抓又咬，而我又是疤痕体质；在脚掌未干之时跳上书桌，在作业上踩来踩去；喂食时叫得无比谄媚，一路跟脚到厨房差点把人绊倒；趁人不注意把炸鱼叼到地上，一番消遣后再开啃时已经满地是油……

　　有时候又会感到是自己亏欠了布丁许多。因为住得高，三年来布丁从未下过楼，好在胆小的它似乎对外面印象不佳，多少减轻了我内疚的感觉——有次它刚壮起胆子从门缝里钻出去风就把虚掩的大门关上了，布丁当即开始尖叫，吓得我还以为是门夹住了猫尾巴，一打开门它便飞一般冲进床下面，哄了半天才肯出来。因为无从得知它的生日，便选了 11 月 11 号，每年与一帮光棍普天同庆之时，只开一罐凤尾鱼猫罐头再陪它玩一会儿便草草了结，全然不顾背后那个带有几分哀怨的眼神：问君能有几多愁，恰似一群太监上青楼……

　　真是矛盾的心情。

　　直到我想起布丁到来几个月后的那天晚上，我午夜梦回，迷迷糊糊想翻身时却发觉被角被什么东西重重压住，扭头看过去才发现是布丁，前脚掩面睡得香甜，呼吸声平稳，表情不为我所知——这是布丁第一次主动跳上床来，毫无戒备地陪我一起入眠。我呆呆注视着那只月光里面柔软的白色小动物，意识瞬间清醒起来，睡意全无。

　　那种奇妙的感觉让我明白，根本谈不上什么麻烦或亏欠。三年前的那个初冬，我捡到布丁，或者说布丁捡到了我。我们渐渐包容了对方的所有缺点，渐渐习惯于互相依赖，并且再也不想丢掉彼此，如此而已。

作者简介
FEIYANG

　　方言，1993 年 5 月生于山东济南。文青和愤青兼而有之，虽然很不情愿承认自己已经一只脚踏进了青年阶段。非常呆，不知该算是网还是网骚。喜读书，喜电影音乐地下演出，尤其喜运动，例如坚持呼吸、睡觉翻身、挤公交、游泳。零用聊胜于无，没进过咖啡厅，不认识绝大部分的外国牌子跟新生明星。想要一直好好努力写下去。（获第十二届新概念作文大赛一等奖）

童年记忆

◎文／丁威

回忆是在一条河流边涉足，现在在河流的四分之一，往前回溯，我想找寻源头，那些光对于此刻的我还在闪烁。

那些旧房子现在都已经不在，因为修路和最后的翻新，面貌就完全改变了，爷爷家的房子大致的方位和各个房子的用途也都还依稀记得。

记忆最为深刻的还是那些油的香味，爷爷榨了几十年的油，那些醇厚的香味每每闻到，都还鲜活，花生油、豆油、菜籽油、芝麻油，尤其是芝麻油，很远就可以嗅到，还有花生油，以前听说可以用来钓鱼，那种香味会吸引很多的鱼来，我们兄弟几个就带了很多的花生饼，许久的等候的结果却是，鱼没有上钩，花生饼却被一扫而光，那些花生饼也还有很好的滋味，其实是些熟了的花生，就像现在的压缩饼干，想想那时候，我们就吃到了压缩的东西，确实很有滋味，满口都是余香，而那些花生饼都是油性很大的东西，更多的时候，我们吃完后一段时间，都会急急地跑向厕所，其实，对于农村的小孩子来说，所谓的厕所，也就是稍避人耳目的地方而已。

那些让我们难受的快乐，那些让我们知足的一般的滋味，也许很多年后都不可能再找到了。

我几乎是在各种的油中泡大的，不过，对于油腻的滋味我到现在还不是很习惯，不喜欢吃油腻的东西，可是记忆里的香味却都是不会消失的。现在，每到夏天，就会吃凉拌的菜，爷爷家的凉菜里就漂满了芝麻油的香味，别人家的凉菜只有很少的芝麻油，爷爷家的却会满满厚厚的一层，吃饭时屋子里就充满了快乐的香味。

现在爷爷已经苍老，我想对于那些香味，它们也许已经深入到爷爷的灵魂了吧，有一天，在爷爷的皱纹里，都会飘满油的香味，那样的苍老是溢满香味的苍老吧。

那些房子大多堆满了各种的麻袋，装满了各种用来榨油的种子，那些麻袋对于我们来说，是我们捉迷藏的好去处，麻袋间飘着温暖而浑浊的空气。往往一次迷藏之后，我们的身上都会落很多的灰尘，快乐之后，衣服变脏就成了我们的难题，衣服是刚换洗的，现在，都变得布满灰尘，我们就在外面躲到吃饭的时间，一声吃饭了的喊声将我们唤回家。我们就怯怯地溜回家，像贼似的飞快穿过堂屋，妈妈自然是知道我们那些小心思，总会强装生气的模样，却会拿了手巾给我们拍去身上的灰尘，拍灰尘的力会用大些，多少让我们感到她是在生气，再拿洗脸的手巾给我们擦脸。然后，妈妈去厨房盛饭，让我们自己去洗手，我们会在脸盆旁偷偷地笑，想象着今天的饭食，香味早就飘满的房子是暖融融的饭香，那些饭总是足够香甜，也许是因为疲惫，也许是因为躲过了责骂，也许是因为饭食真的是香甜。

爷爷家临近大路，向南走十几步就可以看到，是三间的土房子。在那个年头，那是很长脸的大房子，青的瓦片，像鱼鳞铺满了房顶。每每下雨，会听到仿佛琴声的音乐在青瓦上响起，淅淅沥沥的雨落在青瓦上，瓦上就会升起一片雾来，在屋檐挂起一道帘子。我们每每将手飞快地从这些雨的帘子中穿过，谁的手没有湿，那个人就会很开心地笑，而那些手上湿了的也会将水在衣服上抹掉，期待下次手会是干的。

那些日子天真而无忧，哭泣都是幸福，我们也喜欢雨，雨天也会有很多乐趣，因为害怕生病，淋雨就成了不可能的事，我们更多的是拿着雨伞在雨里疯跑，或者久久伫立，仿佛雨里有这个世界的全部宁静，仿佛这个世界的此刻就我一人，仿佛那些雨只为此刻的我而下。记得好朋友跟我说过，她小时候，每到雨天，她的太奶就会剪一个纸的小和尚，倒贴在雨中的树上，期盼着雨水快点停息。

我想一个人的一生里总会落满雨水，那些雨水就像宿命，童年不会知道雨对于大人对于丰收的重要性，雨可以让那些辛劳成为我们碗里满满的饭香，也可以让整个耕种季节的忙碌化为一次沉重的无助与心疼。

有一次，在雨里我突然变得很悲伤，一个人撑着一把伞走在雨里，周围是放学后熙来攘往的人群，我觉得那时我被抛弃在庞大的孤独与恐惧里，就在路上，拼命地想一句诗来给此刻一个形容：落雨了，仿佛这个世界你的时光从未停止一场冗长的哭泣。童年里的雨是晴天之后的另一次欢愉，什么时候，雨开始变成悲伤的东西了，或者只是我而已，那些雨水就有了悲伤的定义？但，那些雨终归不能久长，我们都不想长久地躲在屋里，屋外的世界总是充满诱惑，甚至对于孩子而言，那些诱惑更大。

我还能依稀在梦里看见那扇小门，穿过门，就可以看见爷爷家大的院子，农村的院子总是杂乱的，拖拉机、自行车、破口袋、土坯块、旧木材……满满地堆了一院子。那些熟悉的农具，我几乎可以从它们身上闻到劳动后的汗水味道，锈蚀了铁锹，锈蚀了的锄头，锈蚀了的镰刀，在我心中，觉得它们都多多少少透出辛辣的气味。闲暇时节，它们变得沉默苍老，被冷落在角落，到了农忙，它们会唱起歌来，变得光亮而充满生机，也是它们最先尝到麦子、水稻等粮食的滋味。

从那扇小门进了院子，右边就是那三间大房子，这三间房子又可以分为两间，东边是一大间，又分为三小间，三小间中较大的是堂屋，也是所有房间里最热闹的，来客、吃饭、闲谈……都是在这间房子里。

对于我而言，这间房子有很多印象深刻的事，最让我动容是奶奶，奶奶去世得很早，那时，我刚六岁，人世的诸多东西我都还不明了，即使是最爱的亲人的离世。我不知道奶奶的去世意味着什么，我不知道以后的岁月里我再也不可以撒娇似的叫出奶奶这个温馨的词，我不知道那些大人们那时悲痛欲绝的哭泣意味着在这个世界上他们再也没有了妈妈这个伟大的词。

我现在都还记得奶奶去世的那几年，爷爷在雨天或闲天里，总会到奶奶的坟前长久地哭泣，对于爷爷，他一生里的痛苦只有他自己可以知晓，也许我们用多少词都不能够说出那些庞大的悲悯，几乎人世里所有的悲哀他都尝尽。

奶奶离去后那个家突然变得不和谐，发生了对现在的我来说几乎不可想象的一次大的冲突，我家被隔离在那个大家庭之外很久，其间的辛酸妈妈每次说来都是满眼的泪。其实，多多少少也在那时的我的幼小的心里播下了仇恨的种子，好的是现在，这个家又复归和谐。

即使现在我都还会想起奶奶，但却因为时间的长久已经忘记了奶奶的音容笑貌。其实，奶奶是有一张遗像的，因为怕爷爷看到会更难过，所以被放在了柜子里，只是在柜子里放的时间太久，被水弄得潮湿，几乎什么都看不见了。记得几年前，我在无意间看到一张大的却什么都看不清的照片，四婶子说那是奶奶的遗像，说完，我才意识到奶奶已经离开十几年了，十几年的时光弹指一挥，十几年前在我面前那么亲切的一个人，现在却已隔世，这个世界带走了奶奶的温暖。

犹记得的是奶奶全都白了的头发和奶奶的慈祥。有几个场景，一个是奶奶坐在这间堂屋里吃饭，安详而熟悉，另几个场景都和我有关，在我们兄弟里，奶奶那时是最疼我的。记得是一个晚上，堂屋里放了两张长的条凳，我和奶奶坐着，奶奶给我剥瓜子吃，奶奶剥一个我吃一个，那一包瓜子最后都进了我的肚子，奶奶没有吃一个，我还能想象奶奶剥瓜子时看我的眼神，那是像落日一样的眼神。

堂屋的左边是奶奶和爷爷住的房子，对于那间房子，我记得是床下，大姑那时每次来几乎都会带零食，奶奶就把那些零食放在床下。那些零食也几乎都会全部落入我的口中，最常吃的是冰糖，甜的滋味可以让那时的我快乐一天。爷爷的房子里靠南有一张旧的桌子，即使那时它就已经显得足够旧了。由于厨房的遮蔽和屋子朝向的缘故，爷爷的那间房子没有足够的阳光，似乎总是暗暗的，总是给我一种凉凉的感觉，从堂屋往那间屋子里看，是要用手挡住阳光才可以看清的。在农村，似乎所有的灰暗的房子都是老人来住的，向阳的明媚的总会留给家里的年轻人。那间房子里靠北的的地方就是那张爷爷现在睡的旧的大床，它比这个家庭里很多人都要苍老，那间房子里靠西的地方好像堆了很多被子衣服之类的东西。爷爷没有柜子，只有一口很小的木箱子，漆成红色，现在那只箱子还在用，只是漆已剥落，那个箱子总会在外面挂一把锁。我记得我想过很多种打开那只箱子的方式，我总觉得那里面装满了好吃的东西，许多的时候，我总是默默地站在箱子前，想象着箱子被打开的情景，我的嘴里塞满零食，我吃到天黑吃到疲惫。

朦胧中也似乎有那个场景，那是奶奶出殡的那天，似乎下了雨，淅淅沥沥的不是很大，却是另一种悲伤的哭泣。不知道是爸爸还是哪个叔叔，在奶奶的棺木被抬出的那一刻，在雨地里挣扎着哭，悲痛欲绝。我也几乎是不明所以地大声哭，我那时还不明白大人的哭泣，仿佛在我那时的记忆里，大人是不会哭泣的，是不该有眼泪的，我被吓住了，奶奶那天的出殡留给我的是雨的记忆，哭泣的记忆，一种黑暗的伤痛的记忆。

奶奶被埋在了去大寺的路上，现在每次经过那里，奶奶的坟茔都可以看到，会忍不住去看，心里也会不住地悲凉，多想奶奶还是在的，会让我们大声地叫她奶奶，有些事物我们再也不可能找到，那些亲切的词我们再也不可能去说出口。

堂屋里也会有欢乐的记忆，不过，对我来说，却是黑色幽默般的笑话。那时每家的堂屋里几乎都会有燕子窝，因为燕子是益鸟，农村里便有一种说法，不可以去捉燕子。燕子的颈项前有一抹红色，如果谁去捉燕子，是要害红眼病的，所以家家户户都是允许燕子在屋里筑巢的，不好的一点就是燕子粪便是个问题，所以家家户户都会在燕子的巢穴旁安一个硬纸板，那样粪便就不会落下来。

　　爷爷家的堂屋里靠北墙有一个长的条几，是用来放置水瓶、杯子、香炉等物品的。条几很高，两边各有两个小的柜子和两个抽屉，小柜子上每年都会贴上喜福之类的词，象征着吉祥如意。条几上有一些粗糙的镂空花纹，条几下放了一张大桌子，大桌子下又会放一张小桌子，像现在的一些玩具一样，一个套着一个，现在那个条几和那张大桌子还在用，有些东西是带有岁月的。

　　那张大桌子给我的记忆是狼狈的记忆，那次我和爷爷、老爹在大桌子上吃午饭，那时我好像也就四五岁，我非吵着闹着要在大桌子的中间吃饭，爷爷说，你看你要是在中间吃，你的头上就是燕子的窝，燕子会拉屎，你不怕落到你头上落到你碗里？我说，我不怕，我一定要坐中间。也就是我刚吃了几口，那只燕子仿佛听懂爷爷的话似的，拉了两泡，一泡落到我头上，一泡落到我碗里。我大声地哭，爷爷和老爹在笑，我就止了哭泣，我觉得是我自己的错，我几乎是忍着眼泪吃完了那顿饭。我也想过要捅了那只燕子窝，可我害怕会得红眼病。所以，以后那只燕子窝里的那群燕子，年年都还会叽叽喳喳，唯一不同的是归来的燕子都不是去年那一只。

　　那张小桌子的给我的记忆是我人生中的第一次醉酒，那次爷爷家里来了客人，每次有客人，我都会站在爷爷身边，等着吃那些平时很难吃到的菜，爷爷也不会责备我不懂礼貌。对于那个年纪，礼貌也许是奢侈的事。我站在那里的一个任务是给爷爷代酒，因为每次代酒我都可以吃很多的菜，虽然酒会很辣，但一想到那些美味的菜，我都会毫不犹豫地替爷爷代酒。也许是那次的客人实在是有酒量，也许是那次的菜实在是美味，我替爷爷喝了不少酒，也吃了不少菜，那次我醉了，醉得似乎很彻底，以后的很多年里我都不再能喝酒，闻到酒的气味都会很难受。那次真的是喝伤了，喝完了我就在堂屋的一张麻袋上睡着了，似乎睡了很久，最后醒来已经是黄昏了，在搀扶之下，我语无伦次地说话，步履蹒跚地走，记得到了二爷家旁的稻场，最后的记忆不知所踪，很久似乎都是在梦里一般。

　　堂屋的地面很不平，我还记得我刚学会写字的时候，每晚的晚饭后，我都会拿着粉笔在那凸凹起伏的地面上写字，写的内容只记得毛主席和天下第一，那时说毛是要称主席的，不可以直呼其名，那时我就知道什么是敬仰。

　　其实对于堂屋最深刻的记忆是电视机，那个年代，电视是一个不可想象的东西。爷爷家的电视机是我们村里的第一台电视机，可想而知对于第一次见到电视机的我们，那是一种完全可以称之为恐怖的事。我从来没见过的人会在里面晃动，我才第一次知道这个世界不只是有那些我认识的人，还有很多我不知道没见过的人和我们分享阳光、风、空气。

　　新闻那时是我们看得最多的节目，那让我知道了这个世界不只有安稳的平静生活，还有硝烟纷飞的战争以及血腥的杀戮。我最喜欢的是每到七点，村里的很多人都会端着饭碗来到我爷爷家，很多人都是大老远地跑来。我爷爷会早早地把电视搬到屋外，那足够宽敞，人们起先是熙熙融融地闲谈，当新闻联播的音乐一响起，整个院落就安静下来，只有少数的吃饭的声音，却都细细慢慢地吃，少了平时的大声大口的样子，那一碗饭以新闻联播的结束为终结。

　　每次我都会很激动，我是要坐在离电视机最近的地方的，而且不允许人碰到我，还会大声地发脾气，有一种趾高气昂的骄傲，虽然这招来家人的责备，我却仍旧如此不以为然，觉得那是理所当然。电视是我家的，我是可以定一个所谓的规矩的。那时好像还没有什么动画片，这不能不说对童年是一种损失，当我再大些，却对动画片失去了兴趣，那时的场景完全可以和看电影相比。

　　说到电影，也是童年里最难忘的记忆，每次电影来时，便会在瞬间传遍村子，家人会在电影开场前五六个小时去占座位，村里卖零食的也会早早地去占一个做买卖的好地方。当黄昏褪尽她的最后一点羞涩的云霞，人群就开始变得熙攘，仿佛那是一次灾难之后的逃亡，都是携家带眷的。

　　我记得是在我后来的家的对面，唯一的记忆就是奔跑和零食，我坐在爸爸的脖颈上，几乎是飞奔着前往放映电影的地方。那时已经黑压压地填满了人，一到那，我们小孩子就被那些零食所吸引，电影是什么却毫无印象。卖零食的三三两两地点缀在人群中，一切声响掀起很大的波澜。孩子索要零食的哭泣声，卖零食的此起彼伏的吆喝声，大人们呵斥孩子的叫嚣声，小青年故意制造出来的怪异声，电影里人声以及背景音乐声，真正是来看电影的人的朴实笑声，甚至那些人动容了都可以听到哭泣声。

　　那是在放映《妈妈再爱我一次》时，整个放映场地上响起一片落雨似的哭泣声，我觉得那是恐怖的事，电影找到了人们的泪的泉眼。后来电视机里又放映了，我也长大了一些，再去看《妈妈再爱我一次》，我才多多少少明白了那些哭泣的真正含义。妈妈，这个词让我们无地自容，什么词形容都是无力的，我也才知道电影有那么大的魔力，可以让一个人忘记他的此刻，随着电影里的疼痛和欢愉来控制自己的悲喜。

　　最后是电影的散场，小孩子吃到了他们平时吃不到的零食，青年们满足了他们的表现的欲望，大人们找到了他们情感的泉眼和暂时的闲适，小贩们赚到了他们平时的夜晚赚不到的钱。每个人都在一次的电影放映里找到了对于他们而言无比知足的快乐，也许也有不开心，因为占位置和偏见等等而起的口角与纷争，但，对于童年，这些是可以被轻而易举地被抹掉的。

　　随着时光的流转，家家户户都有了电视机，小孩子有了足够的零食，世界的精彩开始变得纷繁，那些以前看来可以让我们欣喜的现在都变得微不足道了，那些看电影的美好回忆就再也不会到来了，我们也在时光的流转中一天又一天地匆忙长大了。

　　在堂屋的右边是四叔和四婶子的房子，那间房子的记忆很模糊，唯一记得的是嘈杂的说笑，好像是四婶子刚来不久。记忆也不一定是可靠的东西，那时我也就上三四年级的样子，在那间屋子里，三婶子、四婶子在一起嬉笑着说给我们几个兄弟说媳妇，问我们以后要什么样的媳妇，还说我们肯定是怕媳妇的，等等。

我们的几个婶子是那么好的婶子，爷爷也是时常夸赞这些个媳妇，那是爷爷的荣耀。

这间房子给我的记忆微乎其微，靠东墙的是床，靠西墙的是衣柜，靠南窗的是桌子，还有就是站在爷爷的屋子往四婶子屋里望的情景。那时四婶子还是丁家的新媳妇，对我们来说，那是一个陌生而新奇的存在，四婶子是一个善良、质朴、爽快的人，所有的婶子都是那么亲切，所以在那个家里，温馨是满布的空气，充满我的心。

靠西的一间房子相较之这间而言就小些，但是因为这间房子没有被分成几间小的，就给人的感觉它是很大的。那间房子的印象就是满满的袋子，浑浊的充满灰尘的空气，墙的高处开了几个气孔，阳光缓缓地透进来，在暗处，可以看到许多尘埃的微小颗粒在光里浮动，是一段四方的光柱，刀切一样地照进来，地上就会有几个菱形的光斑。

那几个气孔给我是一次哭泣的记忆，我到现在都不明白为什么要在那么高的地方放那些东西，我从低处看到了那东西的影影绰绰的模糊样子，却不知道那些是什么。我曾几次想爬到高处探个究竟，却无奈没有办法爬那么高。终于有一次，叔叔搬了个梯子来，具体是干什么忘了，只记得最后梯子没搬走，我就抓住了那次机会，摸索着爬到高处，小心翼翼地伸手，以为我终于就要得到那些东西，心里激动异常，呼吸都变得沉重。在我还没有看清那些东西的模样，而胳膊伸直刚可以摸到时，我就迫不及待地去抓，随着啪的声音响起，我撕心裂肺地哭了，那些东西原来是老鼠夹，我的手因此疼了好久，从此就对莫名的东西产生了恐惧。

我有很多次一个人在那间房子里，因为没有人玩，自己也不是闹腾的孩子，就一个人坐在那间房子里很久，现在的不喜欢热闹的习惯也许就是那时候养成的吧。我会在那间房子里坐很久，什么都不说地望那些光里的尘埃仿佛有生命般浮动飘游，从阳光很刺眼到光渐渐淡薄下去，心里总是会升起很多莫名的情绪。日暮黄昏，光是浅而温馨的，带有怀旧的感觉，一个人的童年就开始怀旧，那么也许就注定了以后不管走多远，他给人的感觉就是黄昏以及忧郁，我不知道我在那间房子里都想了些什么，或许冥冥之中总是会有光的印记，那几个气孔，那些每日照进来的光，那些光里浮动的尘埃，像我的童年，总有一天，会离开会淡薄下去，可也总有一些人一些记忆会陪伴我一生，这是我此生的财富。

那扇小门的左边就是厨房，我想所有的厨房给童年的记忆都是最深刻的记忆。莫言在他很多的小说里写了饿与吃，童年给他的记忆就是漫无边际的饿以及对食物的令人发指的渴求，他说人在饿到极致时肚子是透明的，而且是像气球一样饱满，可以看见青色的肠子在蠕动。虽然对于我们来说那是不可想象的，但是，食物给我的唇齿间留下的记忆却不会忘怀。

那间厨房被一个薄的泥墙分为两小间，进去先看到的是许多的杂物，几乎满满地堆到了房顶，面桶、米桶等，陈年的玉米、辣椒挂在高处，红红黄黄的炫目的颜色，给灰扑扑暗淡的厨房加了暖色调，显出活力。往里进，就是真正的厨房，满屋子的油烟味道，靠西墙的是一个菜柜子，一人多高，满身油腻的柜子含了岁月。也在西墙靠近柜子的是水缸，年年地贴着水泉四海，农村的水给我记忆就是甘甜，城市永远都不会有那么好的水。北墙和西墙的交接处是一个泥制的碗橱，放了碗、菜刀、勺子等，现在几乎就见不到那样的碗橱了吧，旧旧脏脏的感觉。靠北墙的是桌子，远远地就可以听到切菜的声音，尤其是剁饺子馅时，就仿佛看到几把菜刀在桌子上起舞，噼里啪啦一阵刀声，细碎的饺子馅就满满地一盆，对我们而言，剁饺子馅的时间实在太过漫长，我们期许的是那些从锅里捞出来的香气扑鼻的饺子。

现在，吃饺子变成了简单的事情，不需要剁饺子馅，不需要擀饺子皮，我们甚至都不再过于期许那些曾经如此诱人的饺子了，可是这其中流失的乐趣谁能知道呢？也许是童年过于苍白，也许是日子过于仓促，很多乐趣都不再那么新鲜，很多故事也都不再那么迷人。

　　而现在升腾的秸秆烟气、灶台里燃烧的火、扑鼻的饭菜香等伴随着童年消失不见，属于一个年代的记忆也随之消失殆尽。

　　现在，老房子都已倾颓，丢失的岁月业已斑驳。

　　再回忆，童年也不过是旧的时光，仅此而已。

作者简介
FEIYANG

　　丁威，喜欢安静看书晒太阳的日子。志向颇高，天分不足。想学铁头哥认真练笔，却懒于提笔。矛盾、敏感、脆弱、失眠、瞎琢磨构成生活的全部。希望写出好点的小说给朋友看，渴望美好的爱情。作品见于《萌芽》等杂志。（获第十二届新概念作文大赛一等奖）

祖母绿 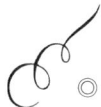 ◎文 / 杨逸飞

　　曾祖母死后，父亲把她生前所住的屋子做了储物室，窗子被紧紧封住。白天，屋子里光线昏暗，有时会听见老鼠的窸窣声，我害怕老鼠，因此怕走进那间屋子。

　　在某个夜晚，我心血来潮做手工需要一段钢丝，就推开了那个屋子的门。老鼠吱吱的声音在黑暗中四散开来，我故意加重了脚步，走两步，伸手摸到悬在我头顶的灯泡摁下了上面的开关，昏黄的光线弥漫整个房间。我的目光扫过了一堆旧的包装盒、空的鸡笼、带锈迹的镰刀、破了底的胶鞋、过年时挂腊肉的铁钩子，在钩子上看到了我要找的那捆铁丝。我踮起脚尖，伸出手吃力地把它拿下来，那些旧年积的灰尘在灯光下幽幽地飞舞，就像那些终将腐朽的旧事旧人，在安静地甚至无可奈何地腐化成尘后，却会在某一个时刻被某一个人蓦地想起。

　　曾祖母是爷爷的母亲。

　　爷爷是曾祖母的骄傲，他是村里第一个考上大学的人，后来留在了外地教书。而爷爷的儿子，也就是我的父亲，却因为赶到了那段特殊年代的尾声，最终没能上大学，高中毕业回到农村的家中当了农民。因为曾祖母不愿意离开家乡去外地和爷爷一起生活，于是爸爸担负起了照顾曾祖母的义务。父亲对曾祖母很是孝顺，村里的老人都很羡慕曾祖母，每当那些老人对曾祖母说她有

个好孙子时，曾祖母的脸上便会绽开一朵花，只是没有人能看到那一道道叠起的皱纹里藏着什么。

听妈妈说，我出生的时候，曾祖母高兴得眼泪都流了出来。因为我是一个男孩，而在此之前母亲已生下四个女儿。她用干瘦的臂膀抱着我，不住地向前来贺喜的人称赞我的大眼睛，她早早地拿了我的生辰八字找人为我算命。她抱着我来回走着，神色逐渐显出失望。那一次，我的出生也没能让爷爷赶回来——学校里不放假，课又太多，总之，曾祖母没能盼到我的爷爷，她那让她骄傲的儿子，和他一起分享她的喜悦。

几年后，曾祖父因为和村里的某个人吵架，太过生气而得了疯病。他每天躲在屋子里，关着门，不吃不喝，不见任何人，疑心每个人都会伤害他。家里人怕吓到我，把我送到了姥姥家。不久，母亲把我接回家，因为曾祖父死了。我回到了家，穿过送葬的人群，绕过一张张摆着招待亲戚菜肴的红色方桌，来到了曾祖母的屋里。她呆呆地坐在床上，脸上没有眼泪，也没有表情，只是坐着。但她还是看见了我，伸手拉我坐在她身边，外边人声吵闹，我却伏在曾祖母的床上睡着了。醒来时看到母亲坐在我身边，我揉了揉眼，翻身在母亲的床上，继续睡了下去。

那以后，曾祖母的话变得很少，其实，曾祖父活着的时候，他们也很少讲话。曾祖母越来越喜欢晒太阳，她一个人坐在曾祖父生前亲手做的小小木凳上，倚着墙，眼微微眯着，有时候会有风把她的白头发吹乱，她也不整理，两只手揣进袖子里。这个时候，我就会也搬一个小凳子坐在她身边，听她一遍遍重复她年轻时的事。她是童养媳，婆婆对她很坏，吃不饱饭，冬天只能睡在灶前，因为没有被子盖，脚都冻烂了。她让我看她的脚，裹过的小脚甚至还没有我的脚大。她一遍一遍断续地讲，讲一句话要重复好几遍，只是她讲的那些旧事里永远没有曾祖父。只有一次，她给我讲她的婆婆烙油饼，把她支出去捡柴火，曾祖父偷偷地从家里拿了一张油饼放在了她的肩上，什么也没说就走开了。我想要问她曾祖父有没有挨骂或者那油饼好不好吃，扭过头却看到她已眯上了眼，响起了微微的鼾声。那些悲喜都被她锁进了那层层叠起的皱纹里。

　　曾祖母的年纪越来越大了，也就不太经常出去找那些年纪大的老人聊天，但是她每次出去都要在村里的一户人家门前坐坐，那家门前种着一大片竹子。我跟在曾祖母身后，拿着两只木凳，曾祖母坐下后有时与周围的人说一些话，有时什么也不说，只是眯着眼看那些竹子，我跑过去，摘下一片竹叶，坐在曾祖母身边开始与她争论竹叶是青色还是绿色的问题，曾祖母张开瘪了的嘴，告诉我那是绿色的，然后继续眯着眼看那一片竹子。我知道她在想什么，她跟我说过她想在这片竹子前照一张相，以后办丧事的时候可以用。那个时候，农村里经常会有来照相的人，他们在第一次来的时候帮人照好，下一次来的时候会把照片带来，然后再收钱。只是，曾祖母还没有等到那照相的人来，爷爷就回来了。

　　爷爷回来的主要目的是接曾祖母去外地住一段时间，曾祖母见到爷爷时的高兴使她的皱纹伸展了很多，但她听到爷爷的打算后，却表现出了一丝的失落，她转过身，什么也没说，走回了自己的屋子，开始收拾衣服。第二天，她跟爷爷一起坐上了去外地的汽车。

　　过了将近一个月的时间，曾祖母回来了，同时，也带回来了两张照片，这是曾祖母在照相馆里照的。相片上曾祖母穿着藏青色的对襟褂子，背景是照相馆里浅红色的墙，家里人都说照得好看，我嘟囔着说没有在竹子前照得好看，却没有人听我说的话。而在此后，我和曾祖母一起晒太阳的时候，曾祖母也从不提起她在外地的那段生活以及那两张照片。

　　那一只白色的猫第一次被姑姑带来时，我表现出极大的兴趣，曾祖母也很开心地看着它笑。于是，母亲只好收起了脸上不情愿的表情养下了这只猫。在农村，猫就叫小猫，狗就叫小狗，我们家的人都这样叫这只猫。只有曾祖母轻声唤它"竹叶"。曾祖母发音不是很清楚，这只小猫从此有了新名字，叫做"猪"。猪初到我家时，很瘦很瘦，姑姑说它是别人走失的猫，跑到了她家里便不愿再跑出去。曾祖母很喜欢它，晒太阳的时候把它抱在怀里，一口口喂它嚼过的馍。猪很安静地偎在曾祖母的腿上，眼睛眯着，在很多个午后，与曾祖母一起在阳光下打盹。它的身体很快变得胖起来，同时也越来越懒，甚至不愿意跑出去与其他的猫一起玩闹或者撕咬，它安静地陪着曾祖母，也安静地用它的温暖的长毛使我的手始终暖和。

猫是在一天早上开始不见的。一个上午不见它的踪影，曾祖母开始着急，催着家里的人去找，我来到了屋后，在那干涸的河沟下的草丛里发现了它的尸体。它白色的皮毛上沾满细小的草屑与灰尘，表情痛苦，嘴里还紧紧咬住一根木棍。它咬得那么紧，以至于我都无法把那根木棍拔出来。我抱着它一直哭，曾祖母坐在我的身边，慢慢地用手抚它的毛。父亲决定把它拿到集市上卖了，因为那里有人收购死的猫或狗，我哭着不让，父亲狠狠地瞪了我一眼，我便默不作声，曾祖母张了张嘴，却什么也没说，只是看着父亲推着自行车走出了家门。

曾祖母是在四月初开始得病的，后来病越来越重，爷爷也专程从外地赶回来照顾她，没到一个月，曾祖母就走了。那一天，爸爸把家里的小孩子叫到了门外，不许小孩子进屋，我听到屋子里的哭声响起来，想要跑进去，却被父亲阻止了，说怕吓到我。可是，那是我的曾祖母，我又怎么会害怕呢？总之，我没能见到曾祖母最后一面。第二天，我看到了挂在屋子中央的曾祖母的照片，我呆呆地看着那张照片，心里很难过，却一滴眼泪也没有流出来。曾祖母下葬的那天，我戴上了白色的寿帽与孝带，跟在曾祖母的棺材与人群的后面，经过那片竹子时，我跑过去，折了一枝竹枝握在手里，继续跟在人群的后面，一直走到了曾祖父的墓前。曾祖父的墓已被挖开，棺材上的富贵花色已经变得模糊，按照当地的风俗，去世的父母要合葬在一个墓中。当曾祖母的棺材安然至于穴中，丁字镐铲起的土洒落在棺木上时，父亲突然声嘶力竭地大哭起来。我看着泪如雨下的父亲，突然觉得很累，我把手中的竹枝斜斜地插在曾祖母墓前的地里，竹叶青翠，我在想，曾祖母一直说错了，竹叶真的是青色的。

曾祖母下葬的当天下起了一场大雨，院子里搭起宽宽的塑料遮雨布，院子里坐满来赴丧宴的人。我穿过红木桌子，经过那些散乱地摆放着碗碟的木盆，走进里屋，坐在墙角听聚在我家的人群谈论我的曾祖母。她是我们村寿命最长的老人，许多人夸她好福气，有出息的儿子和孝顺的孙子，生病的时候也没遭罪。外面的雨声哗哗地响，雨越下越大了，又有人说葬后下雨是吉兆，说曾祖母会保佑我家平安的。父亲听到这些话，笑着把一支支烟放到那些人手里，不久，烟雾开始在屋子里弥漫。我搬着那只曾祖母常坐的木凳，跑到了曾祖母的屋里，伏在床上开始小声地哭起来。

葬礼结束后，爷爷又要回到他工作的地方，这次是我和爷爷一起走的，因为爷爷要带我到外地念中学了。

第二年夏天，我回到了家，发现屋子中间摆了两张照片，一张是曾祖母的，另一张是曾祖父的。照片中曾祖父穿着黑色的棉袍，坐在那片竹林前，神情安详。那片竹林在照片中绿得那样纯粹，就像是父亲在漆门时用的绿色油漆。我想起曾祖母说竹叶是绿色的神情，想起曾祖母叫"竹叶"时的神情，想起曾祖母回忆曾祖父把油饼放在她肩上时的神情，转过身问父亲这张照片是从哪里找的。父亲告诉我说是看风水的先生告诉他要把曾祖父曾祖母的照片供奉起来，他特地找来这张曾祖父唯一的照片，放大后供在了那里。父亲还告诉我说，他还在曾祖父曾祖母的坟前种了两棵柏树，同时也看到了曾祖母坟前有棵细细小小的竹子，有着稀稀的几片叶子。

除夕前的傍晚，父亲带我到曾祖母坟前，那里已经是空荡荡的了。父亲说那两棵柏树种下没多久就枯死了，他顺势也把那棵长势不好的竹子拔掉了。父亲扫开墓前的雪，燃了一些纸钱，我跪下去，对着曾祖父曾祖母磕了三个头。

又过了很久，我无意中在一本印刷精美的杂志上看到了一种宝石名为祖母绿。我呆呆地看着那名字，又看了那宝石，那一种纯粹无瑕的绿刺得我眼泪流了下来……

作者简介
FEIYANG

杨逸飞，男，90后。（获第十一届新概念作文大赛二等奖，第十二届新概念作文大赛二等奖）

旧  ◎文/周苏婕

　　我一边翻箱倒柜地找数码相机的 USB 接口，一边没心没肺地骂自己丢三落四。在久置的陈物中，一本积满灰尘的巨大相册露出一角。我愣了愣，紧捏住一角把它抽出来。是上个世纪的相册，比一本笔记本的面积还来得大，封面上早已过时的玫瑰图案，俗气的花纹，放置在这屋的哪一处都那么格格不入，除了废旧的抽屉中。我翻开厚硬的封面，相册里的每一面都被分成六小格来放照片，那是属于黑白色彩的年代。这本相册是新的，翻了空白的几页，忽然从里面掉出一张小照片。我捡起一看，是外公外婆的第一张合影。

　　我猛然想起来，这本相册是搬家时外婆送给我的。

　　"这本相册你好好放着。"那不再是一把温润如水的嗓音，也不再是一张鲜嫩光灵的脸蛋，外婆就如这本相册一样。"那时候可贵了呢，扔了怪可惜的，你好好放着。"外婆干涩的眼睛闪着光亮，我故作自然地点点头，心里却想谁还用呢。

　　有了数码相机，拍多少照片也不怕浪费，只是那么轻轻地一按。照片也不必洗印出来，存放在电脑里随时可看。外婆外公却从来不会懂这些。

一 1965

轰隆隆的铁轨声中，外公在火车上结识了外婆的弟弟，聊天说地很合得来。外婆的弟弟忽然凑了过来，"你没结婚吧？我把我姐介绍给你。"外公还是愣头青的小伙子，捧着数学课本刚从浙大毕业，一丝涟漪划过他的内心，外公点了点头。

见面的第一天，外公便拉着外婆去照相馆拍合影。那是个一张照片便能定终生的年代，外公拿着照片，牵着外婆的手，将她一辈子的信任和幸福承担了下来。

往后的岁月弥漫开情书的味道，再接着是生活，家庭，晚年。

二 过往的依恋

依稀记得那天外公外婆搬家的场景。你无法想象他们是在纠结多少天，终于被迫拆迁住到新房中。其实早就可以搬，早就可以远离那条尘土飞扬的街，早就不用枕着挖土机的声音失眠，可他们却为各种各样的理由而苦愁。

新家虽靠近我家，但当初买房欠考虑，面积偏小了些。他们家里摆满了陈年旧物，什么东西都舍不得扔，害怕新家放不下，所以一直不肯搬。另一个原因无非是拆迁的费用，守了一辈子，除了那些银行的存款便是这唯一的一套房子，总希望能多拆点钱。父亲迫于社会人际的复杂因素，开后门的事最终不了了之。望着外婆，直爽性急的他说："无非是多个几万块，大不了我补给你。"外婆火了，"我们走了钱还不是留给你们的，我要自家人补干什么？"

世上很多事有说不出的矛盾，就如牙缝里的石子，清晰明确地存在着，你百般施法也无法剔除，只能忍受日益的别扭。

我一直以为外公外婆除了在乎实质的东西和钱外，这所房子对他们来说便只是消失即可放下的东西。只要一套房子能连附着菜场、超市、公共车，在哪里就能搬到哪里，不需要浪费过多的情感，他们只需要安度晚年的地方。

而事实上，那天搬家，"钉子户"终于要离开时，外婆的余光瞥过搬重物的父亲，回头望了望几十年的老房子，背后是废墟和走来走去的民工。外公轻轻地拍了拍外婆的肩，额头上的皱纹在朦胧中愈加模糊起来。

一切平淡得仿佛这看不见的细雨。

记忆是一场旧物的复苏。

打开墨绿色的保险大门，新房内随处都放着杂碎的生活用品：旧锅、旧碗、旧盆、旧勺、旧电视、旧书架、旧拖把、旧衣架、旧床、旧沙发、旧皮带、旧汗衫、旧袜子、旧拖鞋、旧书、旧水果罐子、旧梳妆台、旧菩萨、旧蜡烛、旧针线盒、旧塑料包、旧棉袄、旧凉席、旧布、旧月饼盒、旧相册、旧棋、旧缝纫机、旧游戏机。

就连我和弟弟小时候玩来玩去的游戏机都还有。

你永远都无法按照老年人的思维去生活。这些旧物早已失去了使用的价值，它们只是占据一个地方让你生存的空间愈来愈狭小，它们占满了时间的灰尘让你不得不费劲打扫，它们的出现让你感叹自己真的变老了，它们绊住了你的脚让朝前看的动作变得困难。

可只有外公外婆还不厌其烦地整理这些旧物。搬家使它们沉默的生命再次复苏。

外公迈着缓慢的步伐，在极窄的通道里放衣服。他已不再有当年照片上的风华正茂了，连做擅长的数学题也变得迟钝起来。我站在他身边，想帮点什么，却发现什么也干不了。那些破旧的穿了几十年的衣服，早该扔垃圾桶，只有他还耐心细致地叠整齐。我莫名地不敢去碰，我不敢穿着隔三差五换的新衣服去碰，碰那些比我年龄还大的衣服。外公的退休金很高，却总爱早起去超市买差了几毛钱的鸡蛋，衣柜里放的昂贵的棉袄不穿，说是要出席正式场合再穿，家里随便穿些，保暖就好。

外公热乎乎的大手摸了摸我的头，"想什么呢？这么多天不见，怎么又长高了？"

我苦涩地咧了咧嘴，"没吧，我早就不长了。"

长时间的忙碌中，他的头发早已乱糟糟。他又和蔼地笑着，转身继续放衣服。袖口的毛衣抽出一长段线头，我忽然意识到，不是我高了，是外公萎缩变矮了。

不再站在过道里给他们造成麻烦，我坐在堆满麻袋的床上。外婆忽然拿着一双鞋走到我面前，"这双鞋我给你留着啊。"一双新的白色的高跟鞋，只是经过多少东西的挤压和岁月的浸染后，出现褶皱，泛上轻萎的黄色。

"外婆，我穿不到。"

"怎么穿不到？将来你上台表演，'女士们，先生们——'多有派头不是？"

看着外婆惟妙惟肖的表演，我憋着气差点没笑出声，殊不知这样的款式早已淘汰了多少代，只有外婆还把它当个宝。她连些旧布旧衣服也不肯放过，拆下来补做一块毯子或毛巾，边边角角也能做小装饰。可是，外婆当年在舞台上的风采是不能如衣服一样拆了又补的。

如果我只见过一次照片上的外婆，几十年再如今朝去看，是不是她已经面目全非了？

时间不能放过那些旧物，是不是也不能放过外婆的容颜？

我不能自制地颤了颤，木床发出轻微的嘎吱声。原来，床，也老了。

临走的时候，外婆长长地叫了我一声，费力地跑到门口，"还有一本相册，全新的呢，你拿着放放相片也好，送送人也好，别浪费了。里面还有我和你外公的第一次合影，好好藏着。"我已经习惯外婆的这种嗜好。所有的东西在她眼里都是这样重要，希望利用这些价值到极致。

我不愿伤了她的心，只是掩饰起一切情感点点头。

谁还用呢？有了数码相机和电脑，照片、相册前都自觉地加上"电子"两个字。就像现代人谁还会用笔去写不辞辛劳地写一封封情书，只是点击电子邮件的"发送"。这早已不是一个一张照片就能定终生的年代。就连结婚证也能做假，嫁了人也能逃跑失踪。

后来不记得把相册塞在哪了，只是它突然出现的时候，一些情感忽然排山倒海地涌来。

"对了，搬家离你家近了，孩子，没饭吃就来，千万别饿着。"想起上次临走时外婆留下的最后一句话。我鼻子忽然一酸，老人总忘不了吃饭这件事，总惦记着不能把孩子饿着。上个世纪六七十年代的中国，意味着贫困和饥饿。在他们的心灵深处，是无法忘却为了生计而奔波到天昏地暗的日子。他们节约每一粒米，节省每一分钱，以最强大的内心去迎接生理和精神的挑战。我似乎忽然理解，为什么每次和老人去饭店，最后汤汤水水全都会被打包回家，以及那些补洞、那些永远扔不掉的旧物。

三　距离

"对了，搬家离你家近了。"

是，搬家更近了。可真的就意味着距离小了吗？去的次数多了吗？

自上次搬家以来，已经过了好几个礼拜，可我还未跨进外婆家一步。是学习太忙了吗？是工作太多了吗？还是忘记了？想起原来离外婆家远的时候，天凉的清晨总会接到外公的电话，"降温了，一定要多穿点衣服。如果太忙了，就不要回来看我们，我们过得很好。"

他们借口着说不要回去看，事实上，却总为子女的一个电话而坐立不安。每次开门看见我的时候，外公脚步的轻盈和脸上的喜悦是无法遮掩的。而外婆常常拿着一炷香，跪在观音菩萨面前，我在轻轻地笑着她迷信的时候，耳边却摩挲着外婆唠唠叨叨的祈祷，"愿一家平平安安……"

我抱起这相册，紧紧地抱着，那些尘埃浸透到我的心里，到我的大脑。

好想哭。

四　旧

旧物的存在必定有旧事的存在，没什么惊天动地，但平平凡凡就足以让情感充盈至一生。看到旧的凉席，想起整个夏天在吃西瓜吹电扇；看到旧的缝纫机，想起外婆戴着老花镜辛苦地做衣服；看到旧的书，想起外公第一次因为做数学不认真而打的响亮的巴掌；看到旧的游戏机，想起和弟弟没日没夜地疯笑，想起那些琐碎的快乐。

这段回忆的曝光到底有什么意义，其实我也不清楚。或许只是通过旧，去寻找现实的支撑点。想要明确过去的存在，想要找一些证据，去为现在莫名的状态找一些立场。外公外婆不愿扔弃那些旧物，就是不愿忘记过去的岁月，那些刻下人生烙印的旧物。

数码相机电脑里的照片是那样容易删除，一旦删除便不复存在。而只有冲印出来的照片，哪怕黑白，只有纸质的情书，哪怕字迹拙劣，也是真实的存在。外公外婆始终不相信虚拟，只相信实物。

旧物记下了外公外婆的每一处，神态、动作、心情，经历、变化、过程，它们始终陪伴。

旧物是真正属于外公外婆的。

那么，外公外婆又是属于谁的？

是属于 1965 年那张黑白合影吗？是属于中国那个萧条的年代吗？是属于那份渐渐流逝的节俭朴素和善良无私吗？是属于这个社会的旧物吗？是属于时光吗？

谁知道呢。

作者简介
FEIYANG

　　周苏婕，笔名安谙，1993 年 12 月生于江苏常州，射手座女生，曾读于江苏省常州高级中学。有着多重性格，喜欢明媚光丽，喜欢沉郁幽深，喜欢独立特行。人生关键词：深刻，理智，血性。（获第十二届新概念作文大赛二等奖）

第 2 章

从过去到过去

我是自由的，可最终却在莫名的时空里弄丢了自己，

找不到出口，更找不到回家的路

一直很安静 ◎文/辜妤洁

一　关于自己

　　我该拿什么来形容自己呢？一棵灿烂的向日葵，还是一株黑色的曼陀罗花？其实即使镜子里的自己显得那么真切，我还是像看这个世界一样无法看清自己的全貌。就像中间隔了一层透明的砂纸，无论距离收缩到多么熹微，都永远有着无法走进的结局。

　　一直觉得自己是一条游弋在时空里的鱼，大口大口地呼吸着空气，没有时间与空间的阻隔和限制。我是自由的，可是最终却在莫名的时空里弄丢了自己，找不到出口，更找不到回家的路。

　　一支笔，一张纸，这便构筑成了我生活的全貌。我是个简单的孩子，过着同样简单的生活，没有波澜没有曲折，像是小阁楼里睡着的沙漏，安安静静地滴落。孤独与寂寞疯长时，我总是把自己隐居在某个不为人知的角落里，没有阳光和温暖，将苍白和茫然交给纸和笔，以残忍的方式书写，凛冽的目光割破时光的手指。最后的最后，我抱着我的文字在一旁瑟瑟发抖，前面是生病发烧的灵魂在苍凉地舞蹈。

　　我是一张鲜活的拼图，被时间和世俗切割成一块一块的碎片。每一片都有自己的思想，甚至呼吸着同样的空气，再次组装完成后，我的矛盾就这样突兀地摆在了自己面前，每一种思想都面目狰狞地来牵扯一次我的灵魂，渐渐地让它变得千疮百孔，棱角分明得像一整条鱼刺刮过心脏，生疼生疼的感觉让我难过得快要不能呼吸。

我出生在冷空气肆虐的冬天，骨子里充斥着敏感的因子，所以注定了我是个无法温暖的孩子。胆小而脆弱，执笔是我抚慰自己的唯一方式。有时候迫切地想把自己交付出去，可是在空无一人的世界里，温暖的只剩下我的影子，所以注定我只能继续漂泊无依地起程。

试图寻找到一座繁华的城堡，那里有暖暖的阳光和热气腾腾的饭菜，我伸出手去，会有人来善意而怜惜地握住它们，然后温度传递过来，融化掉心里淤积已久的冰块，我的思想复苏过来，让那些无所依的渴望不再漂泊，所有的苍凉也有了收容它们的温暖小窝。

然而这终归只是一种幻想，习惯了凛冽的方式，倘若果真有那么一天，我想我也会在那些温暖中被融化掉，因为冰冷的不止是心，还包括整个人。

我的心里有一座城，思想被困缚在里面，一把大大的枷锁将我与世界隔离，我出不去，别人也进不来。我在不同的时候书写不同的文字，试图写些积极的文字来让别人看到我的坚强，然而终究抵不过时间的力量，伪装脱落，我的所有恐慌裸露，连世界也停止了呼吸。

我用冷艳做装饰，在黑暗中盛开出最苍白的姿态。它们会说话会呼吸，可是只有我一个人听得到。指间的触觉，头晕目眩中微微眯起眼睛对峙 A4 纸的苍白，心是一个容器，盛着我的所有不堪和懦弱。

我是妤洁，花架下沉睡的精灵。目光澄澈，呼吸平静，习惯一个人听着音乐走路的孩子。不奢望你能忍受我的坏脾气，只愿你坐下来认真地听我讲故事，白天黑夜，无休无止。

二 关于文字

一直以来，我带着满满的贫瘠，躲在没有阳光的角落里，一脸平静地细数口袋里的糖果。然而时光割碎了脆弱的剧场，于是帷幕落下，我的思想在上面跳舞。台下是空无一人的沉默，所有的苍白裸露，亮丽的色彩刺痛了我的双眸，恍惚中听到白幡飘动，死去的年华在沉默中得到安抚的祭奠。

我不停地做着美丽的梦，然而那份甜蜜却在醒来时变成一把把尖刃的刀，锋利地在我身上割出更多的伤。瞳孔没有焦距地游走，我惶恐地打量着这个相处了十几年的世界，脑子里盛开出大朵大朵的黑色曼陀罗花，欣喜地伸手去触摸，却只看见花瓣瞬间枯萎脱落，支离破碎的结局。退出喧嚣和拥挤，我听见渴望在心里哭泣的声音。

我像一株寄生在水里的水草，被太多的阴暗浸泡，思维也变得锈迹斑斑。我的世界是一块平整的大玻璃，清晰地折射出外界的样子，然而却永远无法体会那份走近的真实。所有的好奇都是以句号收尾，我不敢在那些问题后面画上一个大大的问号，因为不会有人来为我做出一个合适的解答。我渴望一切都有个完整的结果，不想在那些问号中陷于没有边际的挣扎。

我是个喜欢执笔的女生，迷恋那份指间倾吐的方式。常常在很深的夜晚翻身起床，扭开台灯，穿着短衣短裤趴在桌上书写。寒冷将我的肌肤一寸一寸地冻得僵硬，然而我的思维却是从未有过的鲜活。灯光和墙壁制造出影子的轮廓，黑乎乎的一团，可那也是我的样子吗？我不敢再问。

我一直不停地书写着，不给自己安静下来的空隙。可是文字于我而言究竟意味着什么呢？是时间划出伤痕后，成长扔给我的药引吗？是辛得瑞拉在午夜十二点时走丢的水晶鞋吗？或许全对又或许全错，我只知道难过时文字是我可以抚慰自己的唯一方式。我在大大的落地玻璃前跳舞，文字会在一旁爱怜地看着我微笑。

将所有的荒芜牵扯出来固定在纸上，倾听笔尖与纸页的私语，我感到满心的安然。一页一页的字迹蔓延，时光剥落下硬硬的外壳。指尖隐隐透出薄如蝉翼的光亮，成长的花朵伸展了枝叶，终于慢慢地生长了起来。

文字就像一只破败的洋娃娃，却被我紧紧地抱在怀里视若珍宝，无论什么也不给予交换。我愿意在文字的世界里平静地呼吸，一直做那个安静的孩子。

终于明白，文字应该是我苍白一面的全部。

三 关于心情

告诉我，你曾多么留恋。

每个人的心中总是掩埋着这样那样的痛，我不知道我的痂因什么而结，可是我知道它是存在的，在我心里。

想过流浪，想过疯狂，想过死去，想过埋葬，想过很多很多，却最终也什么都做不了，我们都只是孩子，等待着时间过去，等待着慢慢苍老。只是我不知道有一天看到镜子里的自己已经白发苍苍，那个时候，我会不会惊恐地尖叫？不是为年迈尖叫，而是为了我走过的却从未看清的岁月，那些匆匆而过的时光。

我不知道我从哪里来又将回到哪里去，如果有一天你知道了，那么请你，请你带我回家。早已厌倦思维漂泊的日子，像是一段不知尺寸的锦绸，黑色的，绵延到望不断的方向。面对一些未知的谜，我总是缺乏继续探索的勇气。想到逃，却逃不了。

我想我是疯了。黑色的血液从黑色的躯壳里涌动出来，太黏稠了，所以让人恐慌。我有黑色的眼睛，可是我惧怕黑夜，那些看不透的色彩背后，到底有没有藏着令人惊叹的宝藏？

一直觉得生命就像是赶车，我们缩着脖子等待在大大的站牌下，用蒙有尘沙的眼睛望着远方，尽管有时人太多，下列的地铁并不属于你我。可是我们还在等待啊，亲爱的，我们为什么都这么不知疲倦呢？走走停停，这就是我们的生活。一些眼泪落下了，记忆的种子埋下了；一些欢笑绽放了，脆弱的心脏变得坚强了。

看过很多优秀的小孩站在阳光下灿烂地笑，也看过很多不优秀的小孩站在阳光下灿烂地笑。可是那个所在角落里的小孩，你为什么要哭呢？你有那么多值得骄傲的地方，别人都说你是上帝的宠儿，有姣好的容目，有不错的成绩，有疼你的父母，还有那么那么多关心你的朋友。你看你看，你是多么幸运啊。所以，不要哭了，那样一点也不好看，真的，像只被人抛弃的猫。

我们就像是炸开的爆米花，外表张扬不可一世，里面却空空的什么也没有。永远告诉自己要光鲜地站在别人面前，不许哭也不许有一点点的难过，我们都是最幸福的孩子，不要不知足。可是下次，只是因为掉了只鞋子，我们也会掩了面蹲到地上。等到别人走来，又赶紧擦掉眼泪，说自己是在看地上的蚂蚁，然后一脸天真地笑。

时光死掉了，我的幸福迷路了。

亲爱的请一定坚强，可转过身我却哭了。

四 关于成长

开始的开始，是我们唱歌。

最后的最后，是我们在走。

我做了一个梦。

我梦见自己身着黑色的风衣伫立于昏暗冷寂的路口，等待着一班不知何时到站的地铁。我一个人傻傻地站在那儿，不时地会有一两个人从我身旁经过。他们目光呆滞动作僵硬，夹杂着陌生的味道。我莫名其妙地感觉到无所适从，于是只好紧紧地裹紧我那被风掀起的风衣。

车子过了好久都没有来，周围的人变得越来越少。我搓着手不停地来回张望，却发现天色越来越暗。道旁的路灯渐次熄灭，那些路人奔走的速度开始加快，似乎在进行着百米短跑的最后冲刺。耳边不时刮出一阵呼呼的冷风，我被迫闭上双眼，不想看到他们以如风的速度从我身旁飘过，让我眼花缭乱触目惊心。过了好长一段时间我才敢慢慢地睁开眼睛，四下望去，竟发现周围已空无一人。

梦到此处戛然而止。

我睁开惺忪的双眼在黑暗中摸索台灯的按钮。昏黄的灯光在瞬间逸满了我的窗口。我慢慢地从床上坐起，全身上下乏力得要命。有些东西顺着我的脸颊与发间滑落，回头一看，竟发现我可怜的枕头已被全部湿透。

虽然已经梦醒，可是那种孤单与无助却弥漫于我的心头，久久不愿散去。我起床给自己冲了一杯咖啡，可是水温太低，那些灰色的粉末漂浮于水面，犹如渡上的顽童般心无芥蒂无所顾忌。我试图用汤匙将它们搅溶于水中，可是它们却趁机缠绕住我的汤匙，不断地向它上方蔓延。于是，不多时候我最最喜欢的史努比就被他们完全覆盖。

我穿着睡衣信步踱到阳台上，夜晚的清风徐徐而来，让我顿时清醒了不少。深夜的天梯已没有了白天的喧哗，除了两旁惺忪着双眼的路灯之外，大街上空无一人。我有些诧异：这竟和我的梦境如此相似！我忽然想起我那些亲爱的朋友们，不知此时的你们正在做些什么。凌晨两点的现在是否还有人陪同着我伫立于这沉谧的夜空之下？

一阵寂寞如轻烟般地从我心里缭绕而过，匆匆的步伐却无可幸免地让我感到难过。每每想起我的朋友们，我心里那块最柔软地方便开始隐隐作痛。它们如辐射般瞬间传递到我的每一根神经末梢。

一只流浪狗忽然从楼下路过。在没人的夜里，它无所畏惧地行走在街道中央，高昂着它那颗小小的倔犟的脑袋。我真希望它能沿着那条直线一直走一直走，不管十字路口，不管红灯绿灯。等到哪天它在路灯下细长瘦弱的身影变得高大强壮，它再转身，然后沿着那条直线一直走一直走，直到回家。

屋内传出时钟敲打钟点的声音。三下，我听得真切。可是我既然从梦中醒来，便不打算再回到梦里去，那种孤独与无助，我再也不想体会。

一直以来，在众多的音乐当中，我偏爱校园民谣；在众多的校园民谣歌手中，我挚爱朴树。我记得我曾在一篇报道中看到朴树到高小松家去卖歌的消息，当时便觉得他真是可爱得要命。我知道有很多同我一样喜爱朴树的孩子，他们用一些焰火般美丽的辞藻来歌写他、朝拜他，而我只是一个笨拙的丫头，写不出那些漂亮的文字，所以很多的感受只能在心里谱写却无法在笔尖实现。

常常在很深的夜里一边听朴树略带潮湿的声音喃喃低唱，一边随意地翻阅一本极爱的散文诗集，最后常常是在小雪送给我的有着柔黄色光束的台灯下泪流满面。我没有尝过泪水的味道，只是记得很多人说过它是苦涩的，但绝不是我喜爱的雀巢咖啡的那种味道。

在十七岁以前，我经常哭泣。每每遇到不顺心的事情便任凭眼泪肆意流淌，往往只是为了那些无法得到的东西而难过。可是我敢说那时的我还不懂得什么叫做忧伤。那时的我有很多的朋友，他们宠我溺我，让我在不开心的时候随意打骂，脸上却始终绽放着最美丽的微笑，无论我再怎么任性，也总是最大限度来包容我将就我。即使有时因为我过分的蛮横而生气，第二天也同样会来和我继续疯玩打闹，然后再继续忍受我的无理取闹。

然而等到中考结束，就在这个半场休息的空间，有些人有些事便从此不在了。我站在一边呆呆地看着那些宠爱我的人一个个下场，我原以为半场之后我们还会再见，然而下半场上场的人却早已面目全非。于是我混杂在一片熟悉而又陌生的环境中不断穿梭，试图重逢那一张张亲爱的面孔，然而最终我才明白，这一切都只是徒劳。时光从不容你做任何的挽留，一个不经意间，大家便已各奔东西，做出一副老死不相往来的姿态。只剩下那些温暖如春的美好弥留于心底储藏于记忆，然后永远定格在那段轻舞飞扬的时光里。我终于明白，就在我还抱着贪恋的姿态等待上半场的人重新回来时，下半场却不等我早已开始。

时光是最最专制的独裁者，会带走很多的东西却从不容你做任何的缅怀。于是，我孤单地在我的十八岁里踽踽独行，看满山的梧桐花开了又谢谢了再开，街道两旁的尘土扬了又起起了再落。我背着我沉重的大书包，耳边不容间歇地听着我的朴树，在那轮不再温暖的太阳之下徘徊于城市的南北两端，周而复始地面带忧伤。

镜子里我的那些单纯与快乐早已随着清冷的风渐渐远去，然后，湮没于时光的灰烬里。

高中的日子里，大家都在努力学习，忙忙碌碌之间连打个招呼都来不及。我只身沉默在阴暗的角落里，冷的时候便抱紧自己。零的距离，却无多一秒的感受。或许，他们的忙碌我永远不懂，我要的温暖他们亦给不起。

无聊的时候，我常跟自己做一个游戏。我伸出双手来挡住眼睛，不想再看到物是人非的残酷与孤寂。心里却分明知道十根手指阻挡不了天黑，再美丽的夕阳也终会落下去。街角零落的路灯免不了一根根老去的结局，唯有深夜里的街道上还会映出无数细长寂寞的影子。

我看到许许多多寂寞的尘土扬起于我十七岁的夏季，而到我十八岁的时候，它们却还迟迟不肯落下。

作者简介
FEIYANG

辜妤洁，女，笔名众多。中图弘晔传图书出版公司签约作家。（获第十二届新概念作文大赛二等奖）

我的天空

◎文 / 徐衍

　　诗人说，站在岸上静观船舶颠簸于海上是一件快事，站在城堡上的窗前俯视下面的厮杀和险恶也是一件快事，但站在真理的巅峰上，目睹山下谷中各式各样的谬误、彷徨、雾障和风雨，那才是无与伦比的快事！

　　如此冗长的引用，并非表达我对谬误的向往，对真理难产的幸灾乐祸，相反我崇尚科学推崇文明。至于这段引用无非只是想证明我此刻很开心，快活像遍体鳞伤那样来得彻头彻尾，来得赤裸裸。

　　五月的天气初露盛夏的端倪，隐隐表露聒噪的前兆。风筝像凋敝的花树，随着一年一度的阳春三月，走到一年一度的退隐。澄明的天空，盛开漫无边际的蓝色天幕，安置下稠密大朵的白云。抬头再也不能肆无忌惮地裸视，眯起双眼，右手搁置前额——阳光开始密匝耀眼，温度热情得像直线飘红的股市，逐日看涨。热烈得一发不可收拾。

　　虽然一如既往地活在自己安逸略微封闭的世界。影影绰绰的外界依然旁逸斜出，伸给我几枝饱满鲜艳的枝桠，试探也好，挑逗也罢，一切仿佛回到初春的午后，一堆发情的野猫，轻捷地踏过屋顶上的瓦片，沉闷干涩的回响萦绕房梁。偶有几片稀稀拉拉的瓦片砸落下来，像旧上海沉闷的阁楼，太太的高跟鞋踩踏在嘎吱作响的木梯散发惊悚鲜活的气息。蠢蠢欲动，一个漫长的冬季迎来一场大气的撒野，尘封的内核有了破裂的痕迹。

而今，野猫早就不知去向。自生自灭的生命终归一场徒劳的放逐，惨烈壮阔奔腾不息。屋顶上丛生了厚厚的瓦楞草。谁划过天宇，丢弃种子于瓦缝之间？每一枚种子都是一场盛大的生命的压缩，轰轰烈烈抑或平平无奇，都包容在并无异样的种子中间，沉默地孕育绽放前迥然凄艳的精彩。从这个角度说来，瓦楞草和向日葵并无差异。

阿一告诉我，她的学校离飞机场很近，因此飞机总是异常罕见地低飞，乖巧亲近得似乎温存在手心的土拨鼠。我惊讶一向高高在上盛气凌人的钢铁家伙居然可以如斯，生活有时把惊喜潜藏，等到上帝哪天心情好了，逆转一些既定，比如让飞机低飞，最终把囚禁的应得欢乐释放出来。于是人间便对固然存在的欣喜变得不再从容，上帝之所以被收容到一个龛、一座庙里，被顶礼膜拜，耍的也就是这点伎俩。

天空中时常有许多道飞机留下的轨迹，像长长的棉花棒，一直喷薄到目力之外。阿一说，每见一次起飞，心里就默念一回爱人的名字，执著简单。

> 他留恋这颗令人赞美的行星，因为在这里二十四小
> 时内有一千四百四十次落日。
>
> ——安东尼

我不知道落日之于小王子意味着什么。惯性思维中，落寞况味浓郁的夕阳，何时成了小王子眼里的珍贵礼物，橘黄色的花树，还是一片金灿灿的麦子的颜色？

阿一拍下她身处的南方城市里，每一天的夕阳。日暮天空，有的被她拍得黑不啦叽营养不良，东倒西歪的暮色伏向一边。阿一戏称，那是出自上帝神来一拍的绝版艺术！我一张张翻看这些角度凌乱、画面更混乱的夕阳日落，有的潜藏在楼宇间，有的像黄灿灿又被啮咬得残缺的烧饼。有一张拍的是夕阳下的梨花，洁白的花张开像一只只空

灯笼，夕阳的沉淀的黄，浑厚黏稠，如同每一次掌灯时候的羸弱的火星，有内有容地赋予整张照片清凉沉郁、明媚凝重兼具的氛围。分别前，阿——袭洁白的连衣裙，一贯没心没肺古道热肠的嘴脸。梨花丛中的夕阳多情哀伤，自斟自酌，冷暖自知。

重温了不少老电影，比如《东邪西毒》。对此片另类武侠的噱头，感觉不过尔尔：桃花可以是一个女人的名字；一只洁白的鹅蛋可以雇来一位穿鞋的杀手；醉生梦死可以久藏不坏，畅饮贮存两相宜……我对片子的原声音乐倒是情有独钟。低调的笛声时而澄静暗哑时而犀利婉转，吹出了大漠孤烟的不近人情；木梆子敲打出质感鲜明的旋律节拍，如同被大气温和包裹着的这颗蔚蓝星球，豁然开阔疏朗气清的武侠情怀里，娓娓道来琐碎睿智的体验：人的最大烦恼就是记性太好——西毒旁白。

当然，人的记性太差也是一大愁。所以，阿一走到哪儿拍到哪儿，而我熬夜伏案狂饮可乐，写下关于同一片天空下的零零散散，分分合合。都是为了记忆，只是方式不同。

> 我的天空为何挂满湿的泪
> 我的天空为何总灰的脸
> 漂流在世界的另一边
> 任寂寞侵犯一遍一遍
> 天空划着长长的思念……
>
> ——王靖雯时代的王菲的歌

再收到阿一的讯息已经三个多月后了。年轻人三年五年就好像把什么事都经历了，生老病死好像就是一辈子了。套用张爱玲的思路，三个多月是三年五载的十二分之一到二十分之一，那就权当小小经历一把生死、一把轮回吧。

阿一向我汇报了这一系列人间蒸发的日况。三个月的时间，用积攒的钱买了一张飞机票。观望了无数遍，一直低低滑行盘旋而过的飞机，原来自己也有乘坐上去的一天啊。杜拉斯说，他死在他的故事结束之前。瞧见了吧，生活不存在板上钉钉的既定。冒冒失失的，阿一开始在她的故事开端之前。

就这样，痴痴傻傻地飞去沈阳，飞去那个有她缱绻依恋的地方。从机舱俯瞰座下自己熟稔于心的宿舍、桀骜的学校墙体，瞬间地掩映成一朵一朵斑斓的云，柔软地沉积沉寂，俯首称臣于脚下。

喜欢北方，阿一一直直言不讳地向我灌输巩固这一理念。分别的酒会上，信誓旦旦担保自己一定要在二十七岁的时候找一个北方男人嫁掉。所以她把那只精致的指南针和一盘王菲的CD送给我，像抛弃一个累赘那样如释重负。

王菲的《天空》CD封面上，一脸故作矜持，柔和的暖色，纯粹明净干冽清脆。专辑的首尾都是《天空》，开篇是电子乐版，磅礴的清凉和空旷就像一场冷不防的雨点打下来。收尾的还是《天空》，木吉他口琴伴奏的Unplugged版本。吉他口琴共振齐鸣：短促的吉他弹奏，悠长的口琴做伴，不张扬的浅吟低唱，极具乡村音乐的纯朴安静。忘不了那部充满粗口的《Trainspotting》，除去暴戾铺张靡费的狂热片断，印象中还有一大片低矮的苏格兰天空，极目眺望，满是激越清凉。

断断续续，阿一一直若即若离地给我透露一些她幸福的小片断。看着QQ上发过来快撑爆屏幕的笑脸，也可以管窥一豹——完整大块的幸福终于被她抓在手里了。"但愿天空不再挂满湿的泪/但愿天空不再涂上灰的脸"，正如曲终处的圆满虔诚。歌者听众，意犹未尽。闪烁的笑脸、低行的飞机、北方的爱人……只是阿一，你是否知道，指南针的反方向就是北了哇。倒行逆施地追随，也可以追逐到一整块幸福的。

老百姓是建议某件事该如何办理的人，专家是告诉你事情无法办理的人。

——林语堂

阿一是爱情方面的专家。她告诉我爱不值得信任，一个个一夜白发由爱生恨的实例从正沉浸在爱情褴褛中的阿一口里说出，不仅可信度大减，还有捡了便宜还卖乖的嫌疑。我直言不讳，阿一你装孙子。幸福的二人照片还是源源不断地传给我，这不是睁着眼睛说瞎话吗？幸福的边上配着对幸福的不可信论，这样的悖论，不啼笑皆非也可以皆大欢喜。

结果，阿一这段闪电恋情正如它的开始，没多久又闪电战一般败退了。用一小段时间埋葬了过去后，阿一再凭闪电战的作风重装上阵，雷厉风行地搭上新的一个男子，依旧还是北方人，远在沈阳。打了耳洞，戴上手镯，佩了孔雀绿的珠链子，发誓要讨好自己。

为什么分手？因为我懂得太多，看透了太多真相。

有时候还真是留恋童年傻傻的自己，对一切不清不楚，不晓得太阳月亮变化的周期，不明白我是如何降生，不理解为什么爸爸妈妈可以在一起睡而独独把我撇在漆黑的小房间……清醒了之后，没有对未知的敬畏，也就自然而然明白了有的爱并不是喜欢，而有的喜欢离爱还有好长好长一段距离。我给阿一写信，阿一啊，绝望伤身。

经历相当长一段时间的通讯真空期后，阿一突然又现身，拜托我给她在网上买一只Zippo。银质的外壳嵌着一枚紫水晶蝴蝶。难道阿一要开始吞云吐雾，还是要把这玩意送给她新结识的那个北方男人？

专家和老百姓，阿一可以身兼数职，还一副德高望重的嘴脸，难为她了。

　　一个叫毛拉乌达的虚无世界。

——苏童

那里有冷暖自知的云阵，无常中又蕴藉着反反复复的定数。沿着平行的两道铁轨行走，相随冰冷空洞深邃的摩擦声。沿路一排颀长秃顶的白杨，疏影横斜，漏下凌乱不堪的光影。没有白云的天空，任枝丫不修边幅地缠绵爬满。铅华洗尽纤尘不染的寂寞，被一点一点、一寸一寸地吞噬，风化成一个布满裂纹的古旧的瓦罐。寂寞装在罐内，弹指一挥就可以奔腾而出，肆虐汹涌。

呼啸的汽笛声响彻耳畔，火车就在眼前哗啦地一晃而过，容不得一点抗拒稍纵即逝的留恋观望，风尘仆仆地驶远，装载着满满当当一车的乖张暴戾，在尽头、在记忆里凝固成一段轻描淡写的浮光掠影。阿一说她那里飞机是飞得很低很低，唾手可得的样子；而我身处的这一边，同样可以离火车很近很近，近到强大的气流像穿堂风，在感知内风卷残云；近到死亡的诱人气息在车轮底下碾磨得如同咖啡豆般，摄人心魄；近到我翻转手掌瞬间，就可以从一面面快速飞逝的车窗，窥视到一张张各异的面庞。因为速度，被扭曲到畸形怪诞，像 Edvard Munch 的油画《呐喊》。

苏童在某篇小说里难得地用一种说教的口吻说教，在一个简单的故事中，最好多用阳光明媚这样的词——以免把事情搞复杂。所以我要阳光明媚，我要阳光照常升起。因为我的小世界并不复杂。

火车，带着宿命奔驰在天空下；飞机，夹着两翼的缘分往返天空两端。凌厉的速度、簇新的旅程，天上人间，谁值得被歌颂？

　　　一个再生人，如果依仗因明论来藐视发的这两个根，

　　他就应该被善人们抛弃；非难吠陀者为异端。

　　　　　　　　　　　　　　——印度《魔奴法论》

我想这样的法论同样兼容于友谊、亲情、爱情吧。

一个人如果依仗友谊的本能约定而毫无迁就地一意孤行，他就应该被孤立以示警戒。彼得潘一次次无论有心还是无意的捉弄，旨在保持他与别的孩子独特唯一的秉性外，只是把自己和 Wendy 他们越隔越疏远。纵使一起飞翔滑行，Wendy 他们的尽头是一扇永远敞开着的

家的窗子；而彼德，仅仅以天空为宿。广大的归宿里，没有他的一席之地。笑声一片一片碎成一个个新生的仙子，里面可否夹杂着隐隐的哭泣？谁的哭泣掩藏在一片笑声背后，肆无忌惮？

殊途且不同归，这就是悲剧。

一个人倘若无视亲情与生俱来的珍贵，他注定将流离失所终老一生。老上海的旧照片崭露一片泛黄的天空，恻隐压抑地翻出一场场可歌可泣的依依聚散。曼璐的丧心病狂，曼桢的孤立无援，一个委曲求全，一个坚贞不屈。女人的隐忍残暴不甘刚烈都藏匿在一袭华美的旗袍下，罩出高低不一的轮廓。再回不去了！悲剧强烈的感染力，在于它身体力行地践行那句"世上没有后悔药"的箴言，一如两段同样飘零凄惨的身世，一如这份支离破碎名存实亡的亲情后面日益蔓延滋长的阴暗，一直濡湿地潜藏在血管下，处于时间平静的支流外。周旋的《马路天使》，以近乎病态的圆润腔调，传诵着老上海明明灭灭的靡费繁盛，粉饰着起起伏伏的莺莺燕燕下凝结的罪恶动乱的痂。橙黄的天空被音符扎出一个个深重的口子，像电线光缆纵横交错，高傲横亘天际。黄澄澄的天，绿油油的太阳。歌者御风前行，灌满一身的辛酸，披上零落的沧桑。蓦然回首，一抹古旧的黄下，只剩一片天。

一个人如果不相信爱情，到头来将是矛盾地在温暖凄凉中爬行匍匐，狗苟蝇营，被一浪一浪猝不及防的阵痛打得束手无策苟延残喘。我想安妮宝贝首当其冲。决绝清冷的文字，上海是石头森林，阿司匹林是快乐的糖果，死亡可以是因为仅仅不想再寂寞所以一起相伴赴黄泉……爱情在她笔下，像一片荒芜的天空，没有流动的云，没有永恒的星星月亮太阳。只能不分昼夜，界限模糊混沌错愕地一直沉静没落下去。女娲的传说、圣经的上帝创世说、牛顿的万有引力定律都无一例外地论证了天空始终会在那儿，高高在上地悬挂，永不堕落，不会像嬗变的大陆板块，飘忽不定颠沛流离。即使一无所有，还是天空。这就是天空。

《魔奴法论》有一段时间阿一也在诵读。看得一知半解倒也乐在其中。合上书，她告诉我，友情之于她是弗利克舍；她的亲情是伐那斯波底；至于她的爱情，她未卜先知是奥舍迪。

重新翻过一页页深奥的经文，查到以下结果——

弗利克舍，既开花又结果实；伐那斯波底，结果实而不开花；奥舍迪，果实成熟后就枯死。

> 我常常会在病痛留给我的间隙中，缓缓地把目光从我面前那浓云密布、孕育着暴风雨的天空中移开：我注视着这片天空丝毫没有惊恐，但是却并非是毫不费力的。我兴致盎然地徜徉在对逝去青春的回忆中。
>
> ——蒙田

疼到深处也就忘乎所以了。

同样，幸福把一个人宠坏了，甜的也是涩的苦的。第一次邂逅和几年后的熟知，哪些是量变哪些又是质变，让我分不清楚。阿一会很善良地跑到马路对面，搀扶一位面容憔悴的老者；阿一会浓妆艳抹地混迹酒吧，和一个个陌生的男人调侃搭讪；阿一会爱一个男人爱得死去活来，深情的反面就是对背叛近乎残忍的绝情。阿一一直多元地崭露她充实的每一面，比起一些藏头露尾包藏祸心的做作女生，算得上是潇洒豪迈了。把玩爱情，不是每一个女生都有这样的感性和理性。

> 白昼的景象我已经记不清了。日光使各种色彩变得黯淡朦胧，五颜六色被捣得粉碎。夜晚，有一些夜晚，我还记得，没有忘记。那种蓝色比天穹还要深邃邈远，蓝色被掩在一切厚度后面，笼罩在世界的深处。
>
> ——杜拉斯《情人》

落幕的可以是圆满，可以是缺憾，可以是蹩脚，也可以是拙劣。

还有一种就是留下悬念——直接把结局剔除，像架空的房梁留下虚弱空洞的庞大空间。生活还在继续，死亡无可避免。阿一游走在爱情的漩涡里，尽量做得游刃有余。

只是故事经历多了就像当初阿一短暂的绝望，因为丧失兴奋丧失了新鲜感，世界寡淡无味，白昼黑夜都卸下了标签。没有保质期的物什，一是因为变质过期，另外就是永恒。这个年头不相信爱情的女子大有人在，执迷不悔活在爱情虚虚实实的幻象里的也不乏其人。阿一让我困惑了。

天空不是一成不变，就像今天固守在你屋顶上的云朵，第二天也许会空空荡荡的一无所有，也许会招来密密匝匝更多洁白硕大的云朵。村子里炊烟熏黄了天空，更剔透更晶莹。城市里走走停停的乌烟瘴气，翻手为云覆手为雨地调戏天空，模糊的一团黑透着深邃的晕眩。所以我更喜欢在村子里仰望天空，在田野上仰视苍穹，在空无一人的深夜一遍一遍犹如羊吃草，反反复复地重温。

失落是天空的事，骄傲也是天空的隐私。谁没有小秘密，阿一曾经胡言乱语，这年头谁容易了啊？啊，你说个给我听听。就连老天爷也不是那么容易做的。

天空，你是真的容易却故作深沉穷装寒碜，还是和凡夫俗子芸芸众生一般并不容易却要镇定地布施一大片庞大的宁谧安详，好面不改色地接受世间不一的朝圣？

兜兜转转原本以为年轻张扬没有阻拦隔阂，在不断深入的探索中，我们愈发小心谨慎，在身后留下一连串深深浅浅的记号，作为后路。没想到一个转身，空空如洗。只有头顶的天空，几十年如一日地潜心遮蔽我们，于是不管深陷何种困境，太阳照常升起，太阳过后还有飘逸的云层，乌云白云都无所谓，还有启明星、北极星，不近人情的同时给人宽慰。毕竟还有一大片天空，于是明明在地上，迷失在天空中。仰望天空的人越来越多，瘾头与日俱增。

类似《亨赛尔和格蕾特尔》的童话，留作路标的面包屑被飞鸟啄食，最终浪迹在森林中……

　　幸福是什么？这样的抽象问题已经被诠释成千篇一律，结果是得出更多抽象的答案。身陷囹圄，让仰望幸福的人错堪幸福——复杂纠结。当阿一在 QQ 上反复问我这个问题，我直接截了个猪头飞了过去。阿一穷追不舍，回赠给我两把滴血的刀子。然后就是阿一的头像迅速暗淡下去，突兀得如同盛夏突然断电的空房间。我再连连飞过去几个问号后，换来石沉大海，杳无音讯。

　　晴空下，有个小孩对着大地私语，手舞足蹈相谈甚欢的样子。大老远外一点一点慢慢接近，按捺不住好奇心——

　　"你在和谁对话啊？"

　　"影子啊——"抬头一瞬，我瞧见阿一无邪的颧骨。

　　夜里做梦，没有颜色的梦。天空降下一名孤独的玩伴，陪着我们洗刷爬满寂寞、刻满疼痛的大地。可是为什么这个小孩居然会是阿一？阿一去了台湾，在她离开南方，抛弃对北方的眷恋后。

　　得知这一消息也是在两年后，早就明日黄花了。自从那一回聊天无果后，阿一一直像蒸发了似的，应该比蒸发更彻底，蒸发尚且还是一个循序渐进的过程，留下一滩有迹可寻的水渍。可是阿一俨然一道闪电，风风火火地出现，雷厉风行地隐退，不拖泥带水，简洁干净。事后缓神遐想，当今感情极度冷漠物质极度发达的时代，人间蒸发的戏码简单得和冲泡一杯速食拌面捱一顿有一拼：切断电话线，换个手机号，重新申请一个邮箱、MSN、QQ 账号就万事俱备了，简单吧？没骗你哪。

　　至于两年前，阿一到底遇到了什么变故，让我费解。周围一片缄默，像夜里的天空，草长莺飞的时间流不能撼动被焊死的坚不可摧的沉寂！很偶然的情况下，再次遇到用新 QQ 登陆的阿一。看到她的签名档，让我忍俊不禁到喷饭。真的当时一手点鼠标，一手往嘴里塞糯米团，霎时间卡在喉咙里，差一点把我卡到窒息。挣扎的一番自我营救后，回到电脑面前，看到阿一已经极其猖狂地把成串问号塞满屏幕。仿佛回到了两年前那个戛然而止的突兀的夜晚，坐在最初的起点两端，只是这回是阿一向我飞问号。

阿一说，给你寄张台湾版的王菲CD吧，你小子肯定从没见过。

我说，好。

下线，关机，一路狂奔，林林总总的青春往事心事故事争先恐后地翻涌出来，镇也镇不住。我像一头满村子撒欢的快乐小驴，蹄子蹦跶出数不清的快感。夜里，依照惯例，睡前60个仰卧起坐。顿悟也许幸福就是当我死去活来地做仰卧起坐终于做到第59个的时候吧，气喘吁吁，小腹紧绷。至于张爱玲写的朱红的快乐为什么是紧紧的，我想我意会到了，但是我不言传给你。

包裹在两周后从海峡那头传递过来，再跋山涉水地辗转投递到大西北来。拆开包装纸，打开CD盒，赫然一堆斑斓的CD碎片。据不完全统计，一共碎成了五大块，还有零散一些小碎屑。拼合好之后，倒映出的苍穹被瓜分肢解成五块。裂纹涂满天空，无助的残缺，犹如爪蟹菊标本，"啪"地吸附于天空。

小心擦拭划痕，看到一张憔悴的脸。不经意间和阿一一别也五年了，因为一直未曾在意也就无所谓地忽略了。

费了好大一番工夫，终于粘合好CD。塞到电脑，光驱发出一阵不知是亢奋还是惊惧的咆哮，接着一卡一顿、颤颤巍巍、战战兢兢地唱响王菲凄艳迷离的调调"我的天空……为何挂满湿……的泪……我的……天空为何总灰的脸……漂流在世界……的另一边……任寂……寞侵犯……一遍一遍……天空划着长长的思……念……"羊齿植物的叶子一般，也像这一段一直磕磕绊绊磕磕碰碰勇敢走过来的日子。留下青春，留下一张张新鲜的面孔，像小蝌蚪蜕变隐匿了自己的尾巴，我们的放肆放纵一去不回！长长的寂寞影子取而代之，依旧黝黑，依旧在我们身后，只是冷暖自知的我们，晓畅其中遗落缺憾的是什么。

或许，一些返璞归真的时候，我们可以不再怅然不再患得患失。

最后透露阿一那条令我喷饭的 QQ 签名档——

"幸福是什么？幸福就是猫吃鱼狗吃肉，奥特曼打小怪兽……"

两年的时间应该可以让许多东西被重新定义，也可以让充满变数的阿一通过寻觅得到偏向理想化的答案。两年前出生的孩子也应该可以对着天空咿咿呀呀发出些他对这个世界的吃语，尽管这样的理解往往被无视。

作者简介
FEIYANG

徐衍，来自南方，现于西北师大中文系念大三。喜欢王菲、莫文蔚、twins；喜欢米兰·昆德拉、苏童、陈染、余华、颜歌、纳博科夫。即将完成长篇处女作《小米村断代史》，目前的状态是：修改长篇，复习考研。（获第十一届新概念作文大赛一等奖，第十二届新概念作文大赛一等奖）

越长大越孤单 ◎文/黄河

一 与血缘无关

悠长的夏日一天一天反复着，空调吹着微微感觉有些冷。

打开 QQ 看到的依旧是"你被点名了"几个字，从来都没有新意。轻轻点击进入了他的空间，发现题目是那么敏感。

那么，又怎样呢？

一个人。

独自反反复复斟酌这三个字的时候，觉得它一点也不可怕。

但是，当它和某个人某件事联系起来的时候，就变得可怕起来了。

走在校园之中，会感觉校园异常冷清。

独自走在操场上，一阵风吹过，身边的树沙沙响着。保安惊异地看着我。或许他以为学校里不会有人了吧。

吃了一个礼拜的方便面了，要在天黑之前去买点吃的，便当也可以。方便面吃完了，不能这么耗下去了。

只是悲伤的心情不会那么简单被湮灭，食物就成了填埋悲哀的工具。悲伤是个鸿沟，而食物只是沙子。

自由，只是如此而已。

夜幕降临的时候又回到了宿舍里。

轻轻坐在了床上，由着黑暗一点一点侵蚀自己的身躯。

——我不想回家去。

回家的前一天，电视里在播报着"××小区中金属店噪音扰民""××马路上有乱停车现象"……之中出现了熟悉的地址"××小区××号××室发生了煤气中毒事件，消防员赶到时当事人一对夫妇已经身亡"……回过神去看电视的时候新闻继续放着，跳转成为"××大学统计毕业生就业率为65.8%"。

视线中的一切东西忽然变得模糊。

——是谁，害死了我爸妈？

颤抖着用手摁下了手机上的快捷键，拨通了家里的电话。果然，没人接听，拨通姐姐的电话，发现姐姐在哭，很撕心裂肺地哭。

"爸妈，怎么了？"我问她。

姐姐很坚强，我从来没有见到过她流下泪水。对我来说这是个坏消息，天大的坏消息。

而我，不能哭，要为姐姐做一个小小的后盾。

"他们……死了……都是我的错……"

"没关系的，人总是会死的，再说你也不在家嘛。"想象如果只是因为不在家而自责，或许我会原谅她的。

"可是……是我没有关煤气……"

手机落在了地上，刚才努力装作镇定未落下的泪水喷涌而出。

为什么是我最爱的人害死我最爱的人？

回忆起曾经的曾经，人紧紧缩成一团，用被子把自己盖住。为的只是掩盖住黑暗，却没有发现被窝里的自己其实更加黑暗。

二　与泪水无关

决定离开这个城市的时候好像没有在乎过别人的感受。

把手机电板拆开，SIM 化作弧线落在了千百个脚印之中，不知是今天还是明天会被绞碎。新的 SIM 卡轻轻插入手机的时候感觉恍若新生。

耳机被轻轻放进耳朵，传来的却不是自己想听的歌。《离歌》轻轻响起，忽然感觉自己有一丝伤感。

我是离开，还是逃离这个城市？

显然是后者。我害怕自己永远在害怕，在悲伤。

手上的车票是到北京的。上海和北京其实差不多的吧，我心里这么想着，向窗外看去。

转头的一瞬间，发现姐姐在窗外招手。

强迫自己转过头去，却忽然想确认一个事实。

姐姐是在用左手招手，而且，手里拿着一张 SIM 卡。

那应该是我的吧。

狠转回头去，忍住不再正视她。

余光瞥见一道华美的轮廓从姐姐手中飞出，姐姐转身走了。

——难道是我太狠心了吗？

泪水顺着脸颊流了下来，耳朵里充斥着《离歌》那沙哑的间奏。

姐姐，你知道吗，我决定忘记你，忘记你所有的习惯，还有那个左撇子却不愿意改的倔犟的你，用左手牵着我右手一次又一次在人民广场绕来绕去的你。

抹去泪痕，耳机里的音乐换成了《笑忘书》。

我没有办法笑着忘记你，但是我不会用眼泪来填埋你的回忆。

窗外的景色渐渐退却。我知道，在你扔掉我的 SIM 卡的一瞬间，你便丢弃了我的一切。

而在那一刻，我决定了要丢弃你的一切。

绿色在眼前组成了一道不可消失的屏障，我离开了。

心慢慢沉重了起来，却不知为何又感觉如释重负。

丢掉一个包袱了？我不知道。

很快就进入了梦乡，动车组车速很快，一觉醒来之后已经快到北京站了。

轻轻开始整理东西，身边的一个叔叔对我说："小妹妹去北京念书？"

"嗯。"我回答道。另外，还要去开始我的新生活。

走出火车站的时候我没有直接打的去宾馆或是去王府井好好消费一番，而是——

"北京——我来啦！""北京——我爱你！""北京——我的新生活开始啦！"

周围的人诧异地看着我，我不顾一切地继续喊着。

"我的新生活——北京——我爱你！"

夏日的最后癫狂，渐渐就在沙尘中消散。声音久久回荡在耳边时也会怀疑自己是否能真的在北京开始新的生活。

呐喊到没有一丝悲哀，我坐进了出租车，真正开始我的生活了。

三　与左手无关

到学校的时候教导处安排了一个同学把我带到宿舍去。

转了很多弯终于找到了一间小宿舍。

说它小吧它也不小，听那位同学说那间宿舍很特别，是以前一个富商女儿住的。富商为了他女儿有个安静的学习环境，所以找了个最偏僻的宿舍还装修一新。

听见的时候在想：不就是个宿舍吗，需要这么多修饰吗？

打开门才发现原来前面的铺垫的确是需要的，一间华丽的小房间，和宾馆差不多，差的只是宾馆里有两张床，但这里是一张床，甚至还有冰箱。

"除了电脑都有了哈，三星。"我看完之后以尽量亲和的语气说。

可以想象到身边同学石化的景象，直接走进了房间，一下子扑向了床。

"同学，我认路了，你回去吧！"我对僵化在门口的同学说道。

他转身就走了。

夏天的尾巴一直消失然后被秋天掩盖的时候，我们又开始了新的生活。

在宿舍里没有人吵闹显得很安静。对我来说的确是个很好的环境，我很久之前就想要一个人静一下，却从来都没有机会。

"上海来的新插班生"这个身份明显让我与这个班级慢慢分化了开来。

小说里的插班生总是学习很好或是美貌而又聪明的人物，但我不是。

虽然我的确成绩不错，长相过得去，但却不外向又不开朗，在现实生活中明显处于与世隔绝的状态，只是偶尔被老师当作王牌叫起来，然后流利答出题目被老师赞赏一下，被同学羡慕一下。

我以为我已经忘了上海的生活，忘了我的曾经，忘了我憎恨的人。

现在的我很爱吃，所以常常会去买一袋子冰激凌回到宿舍。有了冰箱，其实对我来说就够了。

习惯性买了 20 支巧乐滋和 20 支梦龙之后回到宿舍，放进了冰箱。

时间过得很快，20 支梦龙很快就被我吃完了。

"姐，你不吃冷饮吗？巧乐滋啊！"

我对着冰箱喊着，然后泪水忽然就滴落了下来。

冷冻室 −18℃，我的泪水结成了结晶，晶莹剔透的。

记忆就一直一直停留在那只一直牵着我过马路，在人民广场地下迷宫里绕来绕去，给我买一支冰棍或是一杯饮料的左手，还有它高高举起，然后一道弧线飞过她头顶的那一瞬间。

我把冰箱门关上，想要禁止自己去想她，但是我发现我忘却不了。14 年的回忆就一直一直萦绕在心里。

其实我还记得你的，你是不是已经把我和那张 SIM 卡一起扔在了火车站呢？

或许是的，但是我希望你还没有忘记我，还没有忘记我们一起走过的那 14 年。

我用被子蒙住了自己的头，哭着，泪水湿透了床单，却没有停止。

我好想你啊，哪怕你已经是我的仇人。

难道我们可以这么容易忘记对方吗？

我忘却不了你的左手，你那只温暖的左手。

四　与温暖无关

一部手机，一个书包，回到上海。

站在家门口的时候忽然觉得人生如梦境。

这就是我三个多月不愿回来的地方；这就是曾经我生活了十多年的地方；而这就是我父母死去的地方；这就是姐姐害死爸妈的地方。

我从书包里拿出钥匙，准备插进钥匙孔，却发现钥匙孔换了。

以前的钥匙和钥匙孔摩擦出的咔嚓咔嚓声音提醒我，这把钥匙不可能打开这扇门。

——我手里的钥匙还可以打开姐姐的心门吗？

答案，我不知道，也从没想过要知道。

我轻轻叩了两下门，听见里面一阵焦急的脚步声。

"你个小崽子来找谁啊？"一个中年妇女走了出来，身后还有个伯伯。

"请问你们知道原来那个女孩……"

"哦，就那对煤气中毒死了的夫妻的女儿啊，她付不起房租被房东赶出去了。"中年妇女似乎知道了我是谁，硬生生把我关在了门外。

她，不在。

心中忽然漾起了一层悲伤，悲伤过后便是孤独感。

我低着头，走下了楼，转一个弯，走上了刚刚铺完的沥青路面。弄堂口的阿姨对着我笑。

我努力勾起嘴角，到了嘴边却是一个无奈的苦笑。

习惯性走到了马路上，左转，右转，过马路，下楼梯，然后乘着拥挤的地铁到了人民广场繁华的地下迷宫。

习惯性绕开最拥挤的地方，一点一点挪动着脚步。

左心房，空荡荡的，什么都没有了。

姐姐，你会在哪里呢？

我发现一直到现在，我和你一起度过了整整 14 年却都不记得你的手机号，哪怕是模糊的印象。我居然不知道你可以去哪里，会不会有危险。我就这么跑去了北京，留下你一个人在上海。

你还好吗？

我真的，真的想你了。

一切语言都变得苍白无力，我一个人的身影游荡在上海最热闹的地方，像是一股寒流袭击了撒哈拉的中午。

我无力地拿着奶茶，轻轻地哼着你给我下载的歌，然后蹲下哭泣。

我想我会忘了你，但是要到我死了的那一天才可能忘却。

尾声

我们脚踩着同一片土地，感受着同一种季节，甚至哼着同一首歌，但是一切相交集的元素都没有办法把你我两个个体联系在一起了。

我们的人生不再是两条重合的直线，成为了两条弧线，一条往左，一条往右，我们都明白了，理解了，但是我们却永远都不会回到曾经，永远都不会交集。

那首歌叫做《越长大越孤单》，轻轻响着，好像在积淀着力量，让我们都能够勇敢的一份力量。

长大的代价也许是要付出什么，付出的是纯真、快乐、活泼，还有很多很多我们不知道的，甚至曾经不在乎的东西。

再见了，曾经。

我愿意孤单地长大，离开关于你的那些回忆。

作者简介
FEIYANG

　　黄河，女，汉族，1995 年 12 月 6 日生。电子杂志《浮光纪》文字编辑。14 岁开始写作，在《中文自修》上发表过文章。（获十二届新概念作文大赛一等奖）

五月等烟雨  ◎文/张晓

　　2008 年 5 月，晴天特别少。仿佛随时望过去，头顶上都是大片大片的铅灰色。

　　不用担心阳光会灼伤皮肤。在街道上行走，即便是在中午，太阳依旧温暖而含蓄，丝毫不会刺痛眼睛。偶尔抬头望一眼，阴郁的蓝色便沉沉地压下来。

　　住处在离学校不远的一幢阁楼上。租下一楼的房间，一个人带着杂物住在那里。楼上是 Miko 的房间，她去另一座城市准备考试了，把被子和毛毯都留给了我，因为我说过喜欢她的大床。

　　房间里没有向阳的窗户。所以，即便是在白日里，也会显得很阴暗，进门随手开灯已经成为了一种习惯。一盏台灯便把房间里的一切照得毫发毕现。天花板上斑驳的暗影，是涂料脱落遗留的痕迹。

　　房东留下了一张旧的柳木写字台，颜色很灰暗，看上去伤痕累累。我买了 Kitty 的桌纸铺在上面，用胶带仔细贴好，晚上就伏在上面做数学题和看书，有时候会给杂志写稿件。不断地搬进来各种物件，随着自己的布置，房间里渐渐有了熟悉的气息。

　　睡的是一张红色的小铁床，在上面铺了很薄的垫子和印着 Hello Kitty 图案的棉布床单。床头上放着唱机和

校园民谣的 CD。睡不着的晚上会一个人静静地听音乐，那样不会太难受。

我是这样的孩子，知道怎样让自己更好。

喜欢不远处的一家小吃店。花很少的钱，可以吃到味道很好的川味米线和酥皮糕点。店主是外地人，长相很和善，常常伏在收银台上看当天的报纸。

店里总是挂着很多漂亮的海报，清新而悦目，入口处是《黑暗中的舞者》，比约克总是那样的吸引人的眼睛。店里的地面总是一尘不染。窗明几净。

常常有意推迟吃饭的时间，在拥堵的人流散去之后一个人静静地坐在角落里吃东西，顺便想一些自己的事情。每当这种时候，店主总是会意地把电视的声音调小。

周末有时候会去比较远的一条街上吃日本料理。在颠簸中穿越半个城市，搭十五分钟的公车，然后步行二十米。这就是一周里全部的放松和消遣。喜欢那里的安静。

料理店对面是一家快餐店，有着巨大的落地玻璃窗和小巧的桌椅。经常看到有结伴的男生和女生很甜蜜地坐在那里，彼此叙述着年轻的小心绪。而坐在对面，感觉那些孩子们所在的就是另一个尘世。有时候也会因为自己的孤独无依而失落，这时候就很容易会想起 Miko 来，于是会静静地抬头看阴沉沉的天空和上面浮动的云朵，盼望有一场小雨。

周末经常去的地方还有一处空场，很干净的地方，而且空阔，适合周末放松心情。很多老人会去那里晨练，迈着悠闲的步子。那些白发的老年人，瞳人里总是透着一种看透了时光的淡定。

空场里有银灰色的旧式战斗机，用铁栅栏围得严严实实，因为总是有人想用自己的名字亵渎这沧桑。战斗机铝质的蒙皮依旧很光滑，是从越南战场上拉回来的旧物，亲身经历了硝烟与战火。前端被美国人的炮弹打得千疮百孔，机炮已经断折。有着这样轰轰烈烈的经历，最后在这样宁静无争的地方安度晚年，或许也是一种好归宿。

沿着空场向西走，有一段河道。河畔铺着光滑的卵石，有很整齐的绿化带。经常看到有人坐在河畔钓鱼，戴着暖色调的草编遮阳帽，让人愉悦。喜欢坐下来看别人安心钓鱼，很仔细地不弄出声响。巨大的灰色天幕投射下来，河水中漂浮着暗淡的云朵。

就这样静静地坐一个下午。

周六的晚上会去广场看音乐喷泉，总是有很多一脸纯真的小孩子聚在那里。他们看着巨大的水流迎着灯光高高升起，眼睛里闪着兴奋的光。那是孩子眼睛里最纯粹的风景。

真的很想重新回到十年前，做个一脸明媚的孩子，不必去与这一切是是非非纠缠，生活平静而快乐。

喷泉表演结束以后那些孩子会很快地离开。我站在他们经过的地方，总是会感到失落。

踱步到大屏幕前面去看新闻，整个世界的繁杂在眼前快速闪过。然后是天气预报。这座传统的北方城市连天气都缺少新意，几乎永远是，没有变动的阴转多云，气温二十度上下。

去广场边缘的小便利店里买零食吃，像个孩子一样拼命地往自己嘴里塞东西。周围人来人往。一个人靠在废品箱前抽一支烟，在夜空下静静地转身离开。

夜空是浓到了极致的蓝，比黑色更耐人寻味。看不见的乌云遮住了星星，于是天空被城市的霓虹照亮。

每周有六天要待在学校里上课，做很多的练习题，写笔记一直到手指发麻。

坐在教室角落里靠窗的位置上，飞快地计算和填写。在课间抬头偷偷地望一眼天空，大片大片的乌云便在视界里匆匆划过。抹不掉的灰蓝色。

其实早已经厌倦了这种生活，始终盼望着逃离。

学校周围的高层建筑越来越多，一幢一幢从地面上站立起来，经常可以看到新搭建起来的塔吊。整座城市生机勃勃，天空越来越狭小。

晚自习的课间喜欢去操场，草坪和天空一样空阔。有男生女生牵着手从塑胶跑道上走过，可是不会发出让人心烦的吵闹声。整个操场都是那样安静，可以一个人静静地想事情，尽可能地深远和入神，不会被打扰。

这个五月开始有些失语。临近高考，教室里每个人都在拼命地做着各种不同的练习题，彼此之间的交流本来就很稀缺。而我更甚，Miko离开后，一整天一整天地只想给自己一片清静。课间有同学过来问候，嘻嘻哈哈地应对他，然后一脸明媚地对他微笑，脾气变得前所未有的平和，像一潭波澜不兴的水。

到夜里寂寞的时候就发短信给远方的那些朋友，对着散射出微光的显示屏一直到很晚。手指不停地按动。

就这样抚慰着自己的孤单。

第二天会赖床，一直捱到上课前十分钟才匆促地洗漱，然后飞奔到学校。眼睛周围不经意间就出现了黑眼圈。上课昏昏沉沉，一整天都会很后悔地抱怨昨天晚上的自己，到了晚上却又开始忍不住盼望有朋友的短信发过来。怀疑自己是否会这样一直不愿意说话，怀疑这个五月的天空会不会一直阴下去。希望能够有所改变，哪怕只是一场淅沥的小雨。

夜里九点晚自习结束，沿着青石板路步行回住处。习惯在行走的时候抬头看看风景，远处商业街飞舞的霓虹，过往的车辆，还有头顶庞大的红色夜空。

在这样的瞬间真的会感觉自己很渺小，悄无声息地被整个世界湮没。

回到住处伸手打开台灯，白亮的光线一瞬间划破黑暗，灼灼的有些刺眼。

经常在夜里自己煮东西吃，意面或者方便面，有时候是汤圆。六百瓦的电饭锅，是 Miko 留下来的旧物。

吃自己煮的东西总会感觉很温暖。掀开锅盖，水汽氤氲，像是回到了备受宠溺的孩提时代。总是会突然想起 Miko 还在的日子，一瞬间就变得伤感。

一个人，始终躲不开逃不掉的，还是孤独。

写字台上有一台很小的收音机，只能接收到有限的几个频道。音质很差，有沙沙的杂音。

晚上经常听一档音乐旅行节目，一天天形成了习惯。每天只听一档节目，就像只会喜欢一个人。

记得一句很温暖的话：读一本书，爱一个人，过一生。

睡眠时间很不规律，生物钟完全被扰乱。失眠的时候就听校园民谣。伤感的曲调涌起来，像是盛大的潮水。窗外是黑色的夜风。一个人蜷缩在被窝里，如此的害怕寂寞。

这些都是平日里的生活。平静，可是不安分。有时候会希望这种安逸的生活可以永远继续下去，有时候盼望一切都会有新的开始。

整整一周倏忽而过。周末依旧会出门行走，沿着纵横的街道，看一整座城市喧嚣起伏。

半个月去一次书店，在彼此孤立的书架之间来回走动。有很多人站在那里看书，前方很容易被挡住，背过身去就听到哗啦啦翻书的声音。

基本上只看旅行杂志和一些散文集，常常一个人站在书店的角落里翻《Voyage》。如果有自己喜欢的内容，就夹起来到收银台付款。

很想一个人出门旅行，去看杂志上的那些风景。

有时候会看到有自己名字的那些文选或者杂志。拿起来翻翻目录，然后远远地避开。最初发表文章时有过的小兴奋，早已经泯灭在这么些年的风雨飘摇里，甚至会开始害怕认识的人会看到自己的文字。

所有的这些，都是这个五月里最真实的生活。头顶着铅灰色的天空，做一些事情让自己愉悦。

这样的一个五月，看似普通，却处在一个风起云涌的关口上。阴沉的天空之下是喧嚣起伏的繁华，巨大的平静之下是汹涌的暗流。

那么，五月之后是什么呢？

是六月的高考，是残酷的独木桥，是刀光剑影的战场，是一场盛大的洗礼。

是自己的十八岁，是年华的逐寸剥落，是孩子这个称谓的永久遗失，是这绚烂青春的终结。

站在所有这一切的背后远远地观看，这个五月是那么的令人恐惧。

仿佛是一场地震的前夜。

时光的车轮一路碾压而来，旧的时光一寸一寸地碎在眼前，尚未发生的一切仿佛是一场宿命，在劫难逃。

或许应该勇敢地告别，潇洒地挥手。

内心深知，没有人能够给自己带来哪怕一丝一毫的救赎。一个人难过没有用。

我只是在这个五月里，等待一场绵薄的烟雨。

作者简介
FEIYANG

张晓，出生于90年代。6月6日的双子座男生。性格始终游走在浮躁与沉郁的边缘，受双子星的牵引，极具两面性。喜欢安静，可是自己很聒噪；喜欢明媚，可是害怕阳光。（获第十届新概念作文大赛二等奖，第十一届新概念作文大赛二等奖，第十二届新概念作文大赛二等奖）

从过去到过去 ◎文/李明生

写在前面的话

十六岁生日的时候，我看着被林立的高楼装点到密不透风的小镇，许多表情一致的人们挎着时尚的提包穿梭其间，如同阵雨降临前忙碌而芜杂的蝼蚁。干净的柏油马路碾碎了暖色的黄土，巨大的夕阳倒映在落地窗中显得炫目。然而无法抹去的是许多记忆的框图，它们以忧伤的姿态明晃晃地招摇，在我的命途中，在孩子们的眸子里，在小镇曾经旖旎的年画上。

而我们无力承受这一点。

迷恋是种吞食。怀念亦是不堪的举动。

在十五岁最后一个夕照里，我垂死挣扎，手足无措。

坦言，诚竭斯言，我们这里是一个闭塞的地方，一个在冬天时节屋内送着暖气屋外飘着白雪的北方小镇。

可北方的三月毕竟还是三月。春天依旧如期而至，花园里桃树开出满桠粉白色的小花，繁盛的样子像极了照片上日本公园内春天的景象。我驻足在这里，想念着一些无关痛痒的事情，这些无关痛痒的正是我所执恋的。在我还幼小到蹒跚学步的时候，看守这座花园的是一个独眼的老爷爷，老得已经难以从他花白的头发中读出确切的年龄。年纪稍长的孩子总是蹦起来捋下一朵花后笑嘻嘻地跑，老爷爷也总是在后面骂骂咧咧地追。轻快的笑声洋溢出来，它们流进我的耳朵，于是我知道孩子们很开心，老爷爷似乎也很开心。而在年华渐失的今天，当我再次站在花园前面，看到满园桃花璀璨地盛开的时候，却早已是物是人非的光景，那位老爷爷几年前合上了另一只眼睛。取而代之的是一个表情冷漠的中年人，习惯一丝不苟地将长廊与石阶打扫干净，干净到纤尘不染，如同晚秋的原野没有一片黄叶。孩子们欢快的笑声藏匿到大门外面的娱乐场里，一个一小时收费二十元的豪华场所。

　　记忆里镇子上还有一座篮球场，水泥地木篮板的球场。儿时的我喜欢坐在看台上傻笑。我看到一个比我大出很多的胖墩忽然在场中央被自己绊倒，痛哭流涕之后竟说出了一句"人家委屈得很"。于是愈加傻笑，笑到后来豆大的泪珠珠滚出眼眶。弄脏干净的衣服一定会挨姥姥打屁股，镇上小孩子所共循的命运。现在我依旧喜欢傻笑，看着瑰紫的薄云，想念在天堂里安度晚年的姥姥，想念逝去的脏了的衣服和干净的心境，眼泪簌簌地径直滑落下来，我努力克制，可是无济于事，泪水更加冰冷而刺骨地肆虐。那块场地不久前被轰鸣的挖掘机掘出个大坑，接着涂有红绿颜料和父辈汗水的楼层拔地而起，我依稀可以记得孩子们抱着篮球脸上锥心泣血的表情，因为那就在不久之前。此后，大人们口中谈吐出喜悦，孩子们眼中隐去了失望，小镇被浓重的喜庆装点到无微不至。唯独我一人不知所措，总是莫名地坐在花园干净的石阶上，眺望云层中渐渐隐去的夕阳，天边没有飘出死者弯曲的倒影，而是浮现了一幢又一幢坟墓般的楼阁。

　　镇子上离花园不远的地方有一所高中，是青春的生命整日孜孜不倦学习的场所。这里的孩子从小受到的教育就是用文化课武装大脑，继而在大的城市里成家立业，娶妻生子。我们生长在这样闭塞的地方，要拼了命逃避与离开，一个站在实际的角度做出的实际的举动。然而进入了繁华至极的暧昧都市之后，却开始眷恋曾经狭窄不堪的街市，开始回想诸多温暖依旧的面庞。这像一条亘古不变的邪恶的诅咒纠缠了几代人，几代息于泥土或没入余晖的老人，我知道某一天也会徘徊指向我们。青春的暗影与生命的年轮并不是轻易能用圆周率和线速度阐述清楚的，学以致用是个偌大的玩笑。

也有远赴他乡去求学或者去开玩笑的孩子。小 C 是一个。

我记忆犹新的是那天发短信告诉她，我们高一地理有个很难的课题研究，题目是南京城市用地规模与结构，对于我们真的很难很难，就像喝杯咸盐水则必须得描绘出大海的样子一样困难。她回复我，我去未央路的西安图书馆帮你找找资料，那儿离商业区不远。手机合住的时候我有些呆滞，许久回不过神来。当初那个扎着小辫子羞涩而土气的小 C 已经沉溺在城市的海洋中日趋消失，而我还孤独地喝着我的咸盐水。

我还是强作话语给小 C 胡诌了一番，我告诉她太阳公公在对着我暧昧地笑。小 C 回复了个眯眼的表情，接着说可惜暮栾你不能对太阳公公进行视觉强奸，小心灼伤你的眼。

看着发件箱，内心暮地感觉满满当当，俨然有种城里孩子美丽的幻觉。它让我恍如隔世。

但我隐忍地知道儿时的玩伴已经长大，各自生活，各自读书，嘘寒问暖的日子即将在我们身边上演，好似冰霜过后的桃树佯装茁壮，我们会固执地坚守，会摒弃回忆，等待属于我们自己的悲伤的厄运。

小 C 那天回来的时候，不再像以往一样板着张傻瓜脸，迎接新世纪的挑战。依旧稚嫩红润的面孔下，被雕刻了太多不应承载的孤寂与沧桑，下颌消瘦得有些锋利，发际间干硬的啫喱散发出怡人的芳香。她的谈吐格外明媚，我很强迫地笑了笑，没有做声。

小镇也如同小 C 一样在不知不觉中变得异常陌生，它已渐渐不再为我所熟知，麦田零零落落地在山巅上铺开，地平线的尽头再也没有了绿色的原野，更主要的是花园，愈来愈像座干净的白色医院。十六岁的日子确乎要在镇上、在身边伫立下来了，我没有感伤，也不曾疼痛。忧伤的孩子们站在时光的分水岭前，站在青春转角而过的地方，总是汍澜出一地的晶莹如同美丽的碎汞。可我忘记了快乐，也忘记了忧伤，莫名的青春惆怅遗忘了我，并且我也未曾主动去招惹它。我仅仅怀念镇上曾经的孩子们，怀念那些消逝的容貌与面庞，怀念许多已被黯然忘记并且无关痛痒的画面。我想我会感到一丝难过，我有充足的理由去触及这种情愫。

记忆的便条沉淀在时间容器里，它们变得日渐泛黄，有些孩子会难过，有些孩子会很难过。而我的难过不属于他们任何，我的意愿，二者开方取交集。

"富者田连阡陌，贫者亡立锥之地。"小镇朝着这条不争的经济轨道蓬勃发展，或许是美国的托拉斯和德国的辛迪加对它已经有所顾及与关怀。可我们是穷人，以前是，现在还是。如同潘然在《我所不能抵达的世界》中所言："穷人的悲哀是渺小的悲哀，幸福是细微的幸福。"所以在小镇悲伤的主旋律背后，我们依然有自己专属的幸福时刻。

那天学校里发了奖学金，我打开贴着胶带的红纸，似乎里面包裹了许多难以名状的感情和物质。曾经许多夜里辗转反侧想出的宏伟计划，在打开红纸的一瞬间，灰飞烟灭。我无从去规划它们，这些崭新的钞票。回到家的时候，我拿出一百给奶奶，又拿出一百给爷爷，爷爷在客厅里来回踱步转了很多圈，并一边说了一连串开心而不太合乎正常逻辑的话。之后隔着两道关着的房门，我听到老人饮泣的声音，爷爷好像是戴上了压在柜底的飞鸽手表。此刻小小的成就忽地让属于镇子人们的命运窜进我的脑海，可是它终于还是被挤了出去，被幸福所取代。我所能带给亲人幸福，在这座小镇，就已经足够。

空气凝固了许久后，我感觉到身体内什么东西开始嘎嘣一声倒退开来，我终于失声哭了出来。因为我发现窗外的阳关很柔软，斜铺在楼下不远处一棵小桃树身上，像极了十年前的日照。就这样子，一直一直，泪水慢慢决堤，而我蜷缩在温暖如初的小镇某个角落。

作者简介
FEIYANG

　　李明生，笔名米尼。出生在 1993 年 "3.15" 这个伟岸庄严的打假日子。喜欢的乐队是扭曲的机器。对于文字的感情一直是挚爱而温暖，愿终老以此祈福，换得内心决绝深刻的憧憬。(获第十二届新概念作文大赛二等奖)

80%完美的日子 ◎文／林爱玉

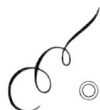

一

　　童年的清晨都是在祖母那朱红雕花大床上苏醒过来，第一口呼吸清晨的空气是古厝里那千回百转了几千年的，调和着腐朽的气息。但却如同旧棉袄的瑰红色里子，在阳光下把空气感染上它的颜色，那腐朽给童年的墙壁刷上一层厚重的底色。

　　睁开眼，那红瓦片的屋顶很高，凝视也只能隐约地辨出房梁的轮廓。但是，在现在我的回想之中，曾经脑海里的印象——我拿着那些瓦片在安静的空气里发呆，瓦片上斑驳着时间和光影的脚印，像荒野被烈火燎烧过之后又在昨晚淋了一场雨过后的景象。回想和印象重叠，像是经过处理剪辑的一张发黄老照片存放在抽屉的最底层。

　　祖母总是在天还蒙蒙亮的时候就起床，发出的声音窸窸窣窣。有时候在梦中听到这些零碎的声音，幻变成了钱鼠在叫，妈妈告诉我是老鼠在数铜板。

　　烧水烧饭，喂牛挤奶，浇菜除虫，这些足够让祖母在每个大清早忙活起来。

　　而我总是在醒来之后也不愿意立马起床，依然自己一个人平躺在朱漆木板床上。屋里的光线不是很足，透过老虎窗的窗口，清晨的脸色很是清凉。高擎着手臂，伸着手指一根一根地数着射进来的光线，光线慢慢变得攒密，直至在指尖凝聚成一团强烈的光，像是从指尖长出来的光苗一样。后来才发现长大之后，还是依然喜欢这样地仰望自己的指尖长出光苗，让脑子里的思绪依然混乱、迷惘。

木床背后还有一个两扇小木门的窗户，在夏天里，总是开了一扇用钩子扣住，另一扇有铁栓栓着。窗外那棵马尾松年龄比我大，自我有记忆起，它就已经以盘然的姿态屹立在那里。祖母告诉我那叫做相思树，缘于它的针状的叶子在枝节处断开之后，依然还能通过它枝节里的榫卯结构重新联合起来。祖母每天早上就是把母牛拴在这棵树上，我在屋内可以清楚地听到祖母的手拍着母牛的大腿，低声怒骂着叫它乖，然后听到新鲜的牛奶被挤进罐子里。听了没几声牛奶被挤进罐子里的声音，祖母那一碗牛奶就是在这样的反复的过程中渐渐集满。

树上有鸟儿在嬉笑，慢慢的巷子里有人在吆喝"买油条碗糕喽，买馒头包子喽……""卖——猪肉喔"——这个卖猪肉的吆喝声让我印象深刻，总是要在"卖"字要喊完的时候突然来个升调，到声音快要断掉的时候圆滑地接上"猪肉喔"犹如一条抛上山巅又掉下低谷的曲线。

祖母就在这时候把我喊起来，我对着门帘回应一声，清晨的风把那开着大牡丹的门帘掀开来，露出一角的世界——水缸的盖掀开来斜偎着水缸的肚子，红砖被水瓢带出来的水泅湿，花岗岩的石板上放着祖母刚从菜园摘来的两把青菜，有一把是要送给隔壁的林二婶的，天井里的青苔永远是滑溜溜的。我跳下床沿，光着脚丫掀开这世界边角，奔向它，奔向成长和生活。

二

四月的风耐心地把风筝吹在天空中，捧着，哄着，孩子们的笑声把空气和阳光喊得凌乱，像旧 CD 上喑哑的刮痕。九天高的树梢像掉雪一样地把树茸往下撒，稀稀落落，擦在迎着风飞舞的青草上，把草尖上的潋滟露珠摔开万道晶光。小溪里的清波一圈一圈交叠着嬉闹，在水位线边上的岩石碰碎。成群结队的都是热闹的景气。

而她，独自一人手肘枕着后脑勺，躺在绿草地上。就望着那些树茸从那么高的地方，打着旋儿像要钻进大地。这种在最低点望着高点的感觉，让她在微闭眼睛的时候都差点以为自己是躺在童年的脸庞上，温暖并且清凉。兴许这掉下来的小树茸正是穿越了时空风尘仆仆赶来的！

她就喜欢这样独自一人的时光。推开耳边所有的嘈杂，独自退在这样清凉安静的影子下，总是容易看到过去转瞬即逝的事件，看到自己的影子。就像是把压在箱底的那些猩红毛衣都拖到阳光下，扯松了铺展开来，阳光就把那股樟脑丸的味道都蒸发在你的鼻子底下。相同的味道很是酽厚。把画面剪切拆补缝合，细细品味其间的人情世故。

每个人活着本来是个个体，女娲造人就和做泥罐子一个样，捏成模样，烧制好，一个个排进盒子里，像在排英语单词。只是人又长了一颗脑容量很大的脑袋和一颗血液沸腾的心脏，把整个世界就都给联系了起来。

混沌世界是被某神的斧子劈成两半，世界才有了天和地。世界上的所有事物也都遵循了对半切开的规律。狄更斯在《双城记》中说，我们全都在直奔天堂，我们全都在直奔相反的方向。庄子说，福祸相依。这都是在切线上的事件。

这样的感觉是自由的，她想，孤独给人自由。她也曾经是成群结队中的一个，和一大堆亲密的朋友们簇簇拥拥地一道走在去学校的路上、回家的路上、逛街的路上，有时候看到那些特立独行的人，总要多注视几眼，总有不懂的困惑。那时候是将独自一人回家和上学看成是一种赤裸的耻辱，总觉得好像少了什么，怀疑别人的眼光是不是在对自己侧目。但是，那是过去！现在的她反而觉得一个人的行走更显得自然，独处得自由，如鱼得水。和成长的岁月有关吧，她想。不自觉地，她的嘴角微微扬了起来。

不远处她看见有一个怀抱吉他的男生，也是独自坐着，微风把几个音律隐隐送来，声音很低很细，绝细的一丝，几次断了又连上，几个缓缓的音阶，缓缓地上去又下来，清清淡淡的。

她不自觉信手拾起这个调子，轻轻动着舌尖，在空气中和着。吉他是只有半把，一半是孤寂一半是自由。

三

一阶一阶的楼梯，垒成矮矮的楼道。兀自思忖着，在脚板的一起一落间。

一步。"咯吱咯吱"，70年前的老木已经快要朽了腰骨，70年前的尘灰吊子腾起了薄薄的一层。瓦数很低的电灯泡，橘红的光里的灰尘搅拌了原有静谧的空气。窗栏上镂空的雕花飞着一只蝴蝶，背着多年后的打扰，惊得要跃了窗去。可是栏上雕刻的蝴蝶和屏风上的悲鸟是一样的，都把宿命系在了生来的居所。蝴蝶只是攀附着栏杆飞不走，瓦数底的光照不到它应去的路，白流苏（张爱玲笔下人物）手里的针涩了，四哥股上的胡琴，咿咿呀呀地拉扯着自个儿的故事。"咿咿呀呀，咿咿呀呀"，完全和时代脱了节。

两步。扶着小心翼翼的眼神，摸索着向下。一页页翻阅着这路面一级级的心情的，是暴雨过后那熨帖的顺着楼阶向下滑过的雨水——云的放逐。地下铁的入口，行色匆匆的人群，没有人会像我停下脚步，没有人会理会一个盲女孩的疑惑。世界的无边无界，在地下铁的另一端，出口，是不是有人已经在等我，是不是刚好有一片盛开的玫瑰花园？妈妈告诉我，有光的地方，一定会有幸福经过。慢慢地练习，会找到光的源头。

三步。巨大的铁盒子，隔绝了外面的世界。四面镜子里全部都只有自己落寞的容颜。向自己瘪瘪嘴，努努鼻子，再挤挤眼，还可以龇牙咧嘴嬉笑。一个人的世界，兴许就是要如此自娱自乐。帅哥披得（几米笔下的人物）会期待着每一次电梯门的开启，会是他获得一份有三份幸福的爱情的另一个起点。电梯滑行的速度，让我来不及思考我自己。"哐当"一声，铁盒子退下盒盖，广场上的阳光一下子打在脸上。

无休无止，第四步，第五步……接下去会到达哪一个窗口，容我可以再次驻足？真想说，我们多么幸运，无法确知自己生活在怎样的世界里。

每一次的起步，每一次的出发，都会让我们在终点心满意足。

四

时间的快刀，把世界稳速地对半切开，刀刃晃亮地闪了一下眼，黑白相参的两个球体蹦落眼前。

浸了水的深灰色，像极了南方梅雨季节时阁楼上的木门，吃饱了水，用指腹轻轻地一按，就要渗出满满当当的水。这是刚下过春雨的水泥路，有坑洼的地方，积水摄下湛蓝天空里浮动的轻薄云纱，没有痕迹的，干净。刚伐过的树枝，被锯齿锯到一半便被狠命地扯掉原有的坚固联系，惊悚着肌理，丝丝扎刺着空气，有辛辣的清香拌着那明亮的切口，贴着鼻翼，若隐若现。

两天，这件事情，缓缓地铺展……

小时侯，你不是个什么乖巧的女孩子，像个野丫头似的跟着邻居家的男孩子们爬山，爬树，在树下逡巡着，看是否有鸟的窝巢。那种由细枝干混着泥土的"碗儿"，平常兴奋尖叫着要拿在手上，很粗糙自然地摩挲着手心，还有里面幼小的生命，还在坚硬温暖的保护里。可以玩得疯到找不到家门，像男孩子一样，要手握一把玩具手枪，哼哼啊啊地终于向父亲要够了零花钱。玩具手枪是那种要狠命把枪脊上的驱动往后扣，还小的年龄，没有足够的力气，只能把手枪夹在双膝之间，借助了整个上半身的力气，"吭吭"两个不同音调的回复，是心里快乐地呼啦飞过一群快乐的鸽子。

记得有一次假装肚子疼，不去上幼稚园。幼稚园里的那个那老师有很白的皮肤，是清爽的短发，声音轻细，像沙漏里的沙扬在风里。并不是不喜欢她，只是突然不想去那个有小绿桌子和小绿椅子的教室。向父母撒的谎，没有太多的计谋，很容易就被拆穿。结果还是乖乖地背上那个印有两个只穿两块简约的小布遮羞的海尔兄弟，走出家门。在最后快到学校的时候，踯躅着脚步，直到最后听到上课的铃声响了，才决定爬上近旁的一棵高大的龙眼树上去。蜷坐在枝桠上，不敢有太大的动作，害怕着。想要下去可是已经来不及，同班的小朋友们都在操场上嬉戏，你听得很清楚，汇聚成一片，漂浮在夏天中午特有的空气里。脚底下的行人也只是兀自来来去去，并没有一个人会突发奇想地抬起头，然后注意到树枝上面竟然躲着一个逃课的孩子，在上面胆战心惊地等着放学，还害怕着妈妈责怒的眼睛会突然出现在头顶。树下路上的阳光的影子班驳，光的影与影的墨黑交叠成一种幻有幻无。像第一次在空旷无人的操场上看到了停落的近距离的鸽子，被惊吓得不敢动弹，只是呆呆地站着，空洞地恐惧，犹如喊到三的木偶人。

昨天的男孩子气在今天已经渐渐地要融入浓雾，浓雾要消隐在一瓣一瓣盛开的阳光里。飘渺的淡定，有不属于这个空间这个时间的光泽。昨天对世界的无知恐惧，怯怯伸出的手去摸索世界，得到一个小结论，"世界和我们想象的不一样。"

昨天把拥有变成失去，永恒的拥有，在心的田地里，萌生另一颗褐黑的种子，抽芽生根，是生活的另一条线的端源。

有那么一句话："天长等世事，化云烟。地久待沧海，已成田。"时间可以漂白也可以润色，现在把两天还给他原本的简简单单的解释。

奢望我的第三天，在临睡前的夜晚，捧在手里的书卷从手中脱落的最后一瞬，睡眠可以刚好完完全全地充盈整个身躯。

作者简介
FEIYANG

　　林爱玉，女，1991年6月出生。（获第十一届新概念作文大赛二等奖，第十二届新概念作文大赛二等奖）

第 3 章

城恋记

二月的徐家汇是什么样的？我看到了雾

秒速五厘米 ◎文/张焕昀

答案是多少?

沉默不语从来都难以打动我,因为我很难发掘出几百年的雕塑中的生机。而真正令人可以为之一颤的,是你数码相机屏幕上正准备拍摄的沉思的塑像,突然站起身跟你握手。

一头长长的秀发是足以打动人的,特别是在当下。全班的女生几乎都清一色地剪了干练的短发,男生也退化,流行起假发,可能是因为奥巴马风头正劲。所以这时,瀑布似的大缕乌黑长发,从耳朵下面开始慢慢地起些波浪,风吹过来会使其更亮,这无疑是致命的。

是在走廊里认识若云女子的。

这却又是羁旅人的快乐与痛苦。快乐是没有人认识自己,新的环境里,能够暂时打造一个新的自己,可以深沉或者快活,可以不是原来的自己,或傻或孬没有人知道你的过往,可以忘却一些临时的烦恼,没有人拘束着你,自由的生物钟总是让人快乐。痛苦是这世界的戒心,你不敢私自问她的名字,更不用说邀请一起玩,所以你只能称呼她为若云女子。因此一时间也很难找到知己,缺失真正的共鸣,易逝的自由中总是带着散漫。散漫却又是贬义词了。

若云女子和朋友一起来我的房间串门,我按捺着激动,抽出相机开始摄影。后来我才知道其实激动不能按捺,越按捺越假。画面里,她靠在墙上眨着眼睛笑。我问她是哪里的,她说某城,我说难道你是某城一中的吗?她说不是,我是某城三中。她没有按捺自己的好奇与自豪,追问,你听说过吗?某城三中。我说不好意思,我只知道一中,那个比较有名气。她仍不按捺地,坏坏笑着说,你会知道,三中比一中更,更屌。我把继续和她交谈的勇气掐灭了,现实中的她在自由表达自己想法的时候,那个爆破点,我只能用"超性感"来形容。接着我又果断地停止了摄影。

二月的徐家汇是什么样的?我看到了雾。

就像政治课堂,就像请客吃饭,这总是会让人厌倦,拼命想营造一种浪漫的气氛,却总是功败垂成,最后回到家气喘吁吁地后悔,哎呀这一点没办好应该那样,那一点没弄对应该这样。其实这不是你自己,做回自己反而更容易成功。偶日翻到学校发的《健康教育》小册子,上面写,青春期性幻想太浓厚的话,那就赶快转移吧,将这种激情转移到学习与正确的兴趣爱好上来大展拳脚。有时候做自己反而比戴面具更累,那就换个环境释放下,毕竟冷笑话有时真的可以逗人笑。但是,意想不到的真实更能麻醉敌人,毕竟性别可以改,本性改不了。

第二天咚咚咚有人敲我门,说要出去玩,一起吧。我匆匆理了头发,跟着她一起去将若云女子加到队伍中来。咚咚咚敲开另一个房门的时候,室友帮若云女子开了门。若云女子趴在床上,被子盖在身上,头发披在外面。我不幸瞟到了桌子上的女生烫头发的工具。

公车到了城隍。游人如织。中国古代旧建筑刷着现代的新油漆,各种小店让人目不暇接,东西普遍贵得超过了本身的精致,有些古董做旧明显。我们进了一家火柴店,里面的打印着网络黄色标语的物件让人恶心。但店员大都幸亏不是上海人。我们在一家又一家店铺中转来转去,没有什么特色。就是说,一棒子把我打晕了,扔这里,我没有办法立即辨别这里的坐标。后来发现很多地方都是这样,那也便没什么了吧。一家手工毛线娃娃作坊前，惹得众女生纷纷驻足。若云女子精细地观察了柜台上每一个娃娃，挑选啊挑选。

在买东西上面花掉大把的时间，这大概也能归为女人味。

星海诚的电影《秒速五厘米》共三话。第一话叫做《樱花抄》。男孩在女孩之后默默跟随，突然女孩加快了脚步冲过了铁道，转身愉快地笑着说：贵树君，希望明年还能一起来看樱花就好了。列车应运而至，呼呼地穿过。列车远去了，明里也不见了。这是初看令人没有感触的情节，台北偶像剧的套路。但是感触却总是生于真实与共鸣。湖边某一时刻你刚拉着她的手，突然一阵火树银花，装点成樱花树一样的路灯全部亮起，差点吓得你丢掉她的手。你宁愿相信这是巧合，还是奇迹？

晚上大家一起去 KTV。她想看看我相机里的照片，照片里的上海，甚至以前到过的西藏。沙发上我们交谈起来，欢快而轻盈。但却总是我追着她询问。她自顾自翻着照片一边答话。直到喜欢的歌曲到了，她放下相机，接住别人递过来的话筒。

爆米花很少，啤酒开闸，分不清楚主人的一次性杯子，吃鸭爪用的一次性筷子。各种味道，向你递烟的美女的手。我终于被呛到了。她说，很少看男生受不了二手烟的。我拿起火机和一支香烟想点，拇指按了几下，还是放下了。

我和若云女子被拉到了赌桌上。摇骰子。她数学不好，总是输。我帮她喝罚酒。她起初推辞，后来允了。回去的时候我们一起回去。雾气泛着，我爱着夜色茫茫。她不知什么时候用绳子把头发扎了一条辫子，像一捆乌蚕丝，上海的凌晨风把它吹得斜斜的。这时候拍的照片背景总是刻着冰凌花的效果。我抓拍到一张若云女子笑的照片。

凌晨睡不熟，发着短讯。听她说城市，即将结束的旅程，从文殊之巅到云彩之南，还有隔壁静静的流水声吵得她也睡不着。境界太低的我却渐渐昏迷过去。

男生转学了，但是他仍去赴约。坐长久的列车回到最初的樱花树下。列车被暴雪侵袭，晚点厉害，"时间带着鲜明的恶意，从我身上慢慢流走。"贵树一心祷告明里已经回去了吧已经安全回去了吧，一边不停地回忆来往的书信，看表，看站台示意牌。最终到达目的地已经是深夜，贵树看到在展台椅子上快要睡着的明里。有时候，重逢和分离实在是相惜，让人扼腕。但至少，分离一定要彻底，不能模糊，千万不能留藕断丝连死灰复燃的机会。

结束以后，大多人已经离开了会址所在酒店。我因故耽搁，出来时候碰到了低头发讯息的若云女子。一起吧。我们互相不说话，我也低头借手机掩饰。结果我们走了错误的方向，转回头时，我们瞥见了一家正在清理，书论斤卖的店面。进去一看，大都是英文书，包着塑料皮，不能分辨是盗版还是正版。若云女子从堆堆里翻捡着，啊，这是……啊，这是……她拿着一本黄色皮的书欣喜地对我说，你知道这个吗？我摇头。Dan Brown 哎！我伸手准备拿来看看，她往手后一缩，就这一本呢。我放下了手。她笑了起来，好啦好啦给你了。

下午四五点的地铁，即使是新线恐怕也招架不住。好不容易挤了进去，却被车里的人流冲散，抬起玩弄手机的头，我已经找不到她了。这是最后一次会晤若云女子。

后来发信息问她，她说平安勿念。

等我从故乡的车站里出来的时候，居然是漫天的雪絮。也对，二月。

"呐，听说那速度是每秒五厘米。"

"嗯，什么？"

"樱花飘落下来的速度，每秒五厘米。"

"明里对这种事情很清楚嘛。"

"呐，不觉得简直就像雪一样吗？"

"是吗？喂，等等！"列车过道，长杆放下的铃铛声响了起来。

雪，樱花抄，秒速五厘米，一年，叮叮叮叮……

答案是泪水吗？

作者简介
FEIYANG

张焕昀，1993年生。曾获第十届中国少年作家杯一等奖。(获第十二届新概念作文大赛一等奖)

那戏、那豆、那人 ◎文 / 费诗韵

这样一个江南的水乡，这样一个水乡的雨季。春雨连绵，杏花纷飞。

悠长悠长的小巷，淌过了几百年的兴衰荣辱。幽远的深处里，不时突兀地就冒出了"吱吱呀呀"的几声早已腐朽了的叹息。蹑手蹑脚地，只想像羽毛一样飘忽到窗台前。我很反感脚下的朽木一触即发，不知疲倦地总是洋洋得意的样子吹嘘着前世的功勋。不屑。轻轻推开窗子，"咿呀"如同吟唱一样的一声叫唤，这时，天亮了。

我看见了。这时，悄无声息地糅合进了空气的只属于青石板上腐朽又生气的青苔的气息。我甚至听见它们在这个空间的每一寸里滋生的声音，不是天籁绝成天响。

趴在窗台上，看着春雨延绵，慷慨又舍不得似的不停歇地细细地飘飘洒洒着，纵情却内敛，奔放而含蓄。看得痴了，竟妄想去抚摩那一下。毫不犹豫地将手探出了窗外，去撩那一穗清澈的雨幕珠帘。不经意地，指尖竟触到了一种没有温度的冷热与潮湿。惊诧间抽了手回来，仔细一看，上面竟沾染了像泪水一样澄澈透明的雨珠儿。轻轻地拂了去，便是坐着静默着看雨了。看着雨密密地斜织着，将天地绣成了一卷的蒙蒙烟雨，亦真亦幻罢了。

隐隐地有一个脆生生的声音在狭隘的小巷子里回响荡漾着："结蚕豆儿——蚕豆儿——脆呢——"也许豆并不脆，我想，但那声音真是脆得似乎一碰就会裂开了。我真是担心啊。于是我张望出一颗脑袋，喊着："喂——蚕豆。"话一出口我便悔得要痛了。那一刹，雾消散了去。我看见的是一个典型的水乡的女孩，干净清爽，整个人似乎用水做的一样。而那五官四肢却也精致，生得一副乖巧样儿。我正想赖皮地再改口，却已不容我改了。她笑了笑，说："小哥儿，可要豆？"我自嘲似地旋起嘴角，但又不分辩，说了："好，你等我下来。"说罢便急冲冲地跑下楼去。

这个时候也不顾得了腐木的嚣张，统统践踏在脚下，即使与脚步声共舞，也随它了罢。

打开门时，沉闷的一声"咿呀"解放了屋内的气息与灵魂。一抬眼，果然是她。

"呃，你要什么豆呢？"她红了脸。

"哦，豌豆有吗？"我盯着她泛着灰黄的竹编筐。

"有，有。你要多少啊？"她掀开了蒙在上面的油布纸，露出了那一颗颗用陶罐装好的饱满的豆子。

我这时仿佛连香味都看见了："那……那……那来三块钱的好啦……"她熟练地抽出了一杆秤，似乎是变戏法一样倏忽一下就出来了。然后用那种木制的饭勺，舀了几勺倒进了袋子，然后一称，眯了眼看着又添了一点进去，这才递给我："喏，你的豆。"她轻轻地说。

我赶快掏出钱，结果怎么也没有零钱，只好挑了张 50 元的纸币出来："呃……我没有零钱了。"

"唔……我找不开呢。"她的脸更红了。

"啊？那怎么办啊？"我蹙起了眉头。

她抬了头起来，说："这样吧，我明天再来拿吧。"

"那……谢谢哦。"我对她一笑，招了招手便上楼去了，"再见啊！"她也只是淡淡一笑，挑起担子向着小巷深处去了。我不知道她挑着的担子重否，但那袋豆揣在手里却是出奇地重了。

上楼的时候还是一如既往地小心翼翼地轻轻走着，生怕触动了敏感到了极点的不可一世的"朽木大人"。

上了楼后，想起了什么事一样，便又急急地手忙脚乱地翻找起来。但是，即使忙活了半天，也还是一无所获了。颓丧地坐在地上，竟又想起了那女孩腼腆的红霞拂脸的微笑。于是，就托着脑袋开始绞尽脑汁一样思索，可却在思想的角落也还是一无所获，轻轻地摇了摇头："这不行啊……"抬头，那一袋绿得生气盎然的豌豆似乎也在羞涩地微笑着，可它们终是不会有那豌豆公主的娇美和淡淡的红晕。

还是不好意思地向大人们开了口，只要了三张一元的纸币，小心地好好地放进钱包，让它们暂时与我的庸俗的大额纸钞排在一起了。

这一天里，女孩那清爽透明的影子在眼前始终淡不了了，女孩那脆脆生生的话语在耳边怎么也散不去了。

华灯繁华，薄雾消散。

晚上，雨也累了，回去小憩了。

月光洒进窗子，撒到床上时，我想：如果我像她一样，有一副清爽透明、温婉乖巧的样貌，连说话都带着可人的婉转，做这样一个女孩，那有多好。可是，我可能吗？

无心入眠，一个人还在轻轻地咬着那些豆子，略微地发出"咔咔嚓嚓"的声响。嗯，的确是很脆呢。真是很好吃呢。不重不淡的咸味里包裹着清恬的香葱的气息，隐隐地还含着可爱的甜味。也许，醉翁之意不在酒。我依稀地莫名觉得其间留有她的余温、她的微笑……

犹自还在想着，高昂的鸡鸣声却穿透了清晨的云雾。也阖不住眼了，一睁眼怎看到春天的甘露又自顾自地斜斜地编织着了。穿好衣服，洗漱了后，又打开了钱包得意地看着，倏忽又觉得少了些什么一样，便又到楼下随便找到个大人随便找了个理由又拿了几块钱的零钱，安置进了钱包里。

这次没有在窗前了，随口说着"出去走走"就去到门外。还真是随便走走了。也不知道她何时会再来，心慌慌地在门口的水门汀上踱来踱去，远远地看到有一个女孩走近了，近了，欣喜地上前去看，却是失望着回了头。不安地等着，还想着见了面应该先说些什么。"你好啊，昨天的钱给你啊。"嗯……这怎么好，和钱搭上了还怎么好？！"啊，你还还记得我吗？"这怎么行啊，弄得我好像自恋狂一样，再说她怎么也不该有健忘症啊？！……思来想去，却半天没想出个所以然来。只好自己嘲笑自己了：看你这熊样儿！这都想不出一句来，可不是要丢脸丢到负数了？

也是光顾着想这个了，一回神竟然发现春天的雨又回家偷懒去了，天还蒙蒙地亮着，却不早了。她怎么还没来呢？想起来心又惶惶了，不会有什么事吧？"哎呀,呸呸呸,乌鸦嘴！"可她这一天终究是没来过。我等到了午饭时分，便被催着上了楼，之后就在窗边看着了，什么也没放过。眼看着太阳也愈升愈高，路上小贩愈发多了起来，可其间，怎么没有她羸弱的身影？

这个晚上，雨开始慷慨了起来，关了窗，雨"砰砰"地敲打着窗扉，一下又一下,也敲打着我的心。我想，如果是她在敲着我一定会去开吧，可惜不是。

一天又一天，没有看见她再闯进我的世界，不再有。心中不知怎么也生出了一丝半缕的怅然。也许这也就是缘分的遗憾，遗憾的结局。

后来，我将要离开了。

走的时候，我把暂住在钱包里的三张纸币抽了出来。它们已经被思念碾平了，平整得似乎是刚诞生的一样。我把它们放在了雨季粲然的尾巴上，上面留有想望的余温。

命运的安排只是擦肩的陌路，不能划进生命的痕迹。

也许这是江南雨季中的一场梦，一场戏。

而现在，梦醒了，戏亦散。

作者简介
FEIYANG

　　费诗韵，生于90年代。(获第十二届新概念作文大赛二等奖)

南行散记  ◎文/方言

　　和谐号一路南下，隔着玻璃似乎也能感觉到世界正在一点点温暖起来，湿润的空气终于在路过南京时凝成雨丝，静静地模糊了车窗。好在天早已黑了下去，所以这雨并没怎么影响我与南方间的眉目传情。已经忘记了是在哪里看到过这样的话：没有相同的白昼，但所有的夜晚都是相似的。偷换一下概念也可以这么说：每个地方的饭菜味道都不一样，但无论什么牌子的方便面吃着都差不多。加上八个小时的行程让人很容易心生疲倦，泡面果腹后，断断续续地跟同行的大家聊着，我便在这居然有几分亲切的夜色中沉沉睡去。

　　到上海的时候雨大了些。火车站外灯光迷离，人潮拥挤，有人被偷，更多的是冒雨围观抓小偷的人，这使得上海给我的第一印象一下子生猛了许多。本想打的去旅馆，无奈被司机漫天要价，只得转乘地铁。这时我发现自己不知道什么时候弄丢了车票，这就意味着我没法跟组委会坐地要钱了，加之耳机里不断重复的黄秋生版《偶然》，唱得凄凄切切百转千回，于是气氛顿时苦情起来。一行人挈箱将伞，在城市好奇而不乏友善的打量中被火车站吐出又被地铁站吞下，终于来到旅馆，于是洗漱喝茶，早早睡下。

第二天早起去吃辣肉面，作为怕烫又怕辣的人没能吃完，心虚无比，想想又抄起筷子把肉挑了个干净。饭后闲得发慌，拽起高室友和穆同学出去压马路，雨仍未停，不打伞，眼镜模糊。

午饭去"粗茶淡饭"拼桌，没吃饱，好在也并不饿。突然发觉自己的胃实在是个很识趣的器官，在济南时大小状况不断，一旦来到外地就坚强无比，水土不服对之失效不说，空上一顿或凑合几顿也都好商量。比如在回来的铁皮上，十二个小时里我只吃了一碗泡面。回来后我才明白，原来它都给我攒着呢。

饭后回到房间，高室友睡着了，我没有午睡的习惯，躺在床上开始翻来覆去地听《秦皇岛》。Demo，不插电版，08 年在 mao 录的现场。也许是病能移性，这学期自打断断续续请了一个月假以后我就不靠谱无比，具体就不说啦。现场命题限时这种形式其实很让我发怵，好在随身听里还有这种治愈系音乐，索性闭上眼睛听，什么也不想，努力让自己清醒并平静。

忽然手机开始震动，是隔壁的师父发来短信，要我放松，说了许多鼓励的话。这下就彻底清醒并不平静了。当时很想说些什么，也知道得回应些什么，可我无论如何没办法把那些堵在喉咙口的话语组织成句子，只好握紧手机坐在床边。十分钟后终于打出一个"嗯"字，加上一个笑脸，发了回去。

考场离旅馆不能再近了。座位奇佳，靠墙最后一排，背后没人的感觉照旧很不错。拿到题目一看，《致站台》。霎时间大脑一片空白，平滑如镜，良久初号加粗黑体"羊驼"二字慢慢凸现出来。我所记得的往届题目应该是能绕几个弯的挺长的那种，至不济也是二选一吧。今年这个怎么看怎么像是被高考作文绿坝过的。愣了几分钟开始构思，最先想到的还是小说，背景在二战时期。转念想到"最好别写小说"的忠告，悻悻作罢，开始中规中矩。回济南跟别人聊起来才知道真有同学写了二战的小说，于是开始后悔以及庆幸——那个状态下的自己想必拿不出什么好小说来。

交了文章准备报车票，心情顺理成章地开始粗糙。这时英明神武的师父不知在哪儿捡了一张票递给我，我想去凑凑热闹也无妨，便跟着进去了。结果组委会的老师说和谐号今年不和谐了，总之不给报。又拿起我的票看一眼道，你看像这样还是可以报的嘛。我惊讶无比地凑过去瞅，还真是淮北到上海的硬座二等票，于是无比小人地开始憋笑。出来以后被大家轮流掐着脖子晃了有五分钟。当然那九十块钱都请大家吃东西了。

沿着徐志摩陆小曼故居、上海文联一路走下来，有些后悔没带相机，不过以自己的技术跟相机的质量看来，就是带了也很可能拍不到什么。这样想过后舒服多了。

之后与欧姐、蚊子、高室友去压马路。正走在奔地铁站的路上，最后面的欧姐突然高叫一声，"像一线钢丝抛入天际"，三人顿时动弹不得，肝胆俱裂。欧姐又道：你干什么呢？我这才反应过来，急急回过头去，一新疆男青年正双手堵耳，一脸无辜答曰：我看看你兜里有什么。四人无言以对，接下来整晚自惭形秽般心神不宁。

回旅馆后打了几局扑克，创造了满分两百的五十K两局零分、一局五分的纪录，一直没被打破。之后回到自己房间，跟蚊子、高室友茶话会至凌晨两点。这于我更多的意味着听而不是讲——高室友是典型的女强人类型，虽只是高一，却比我还要懂事许多；蚊子东校文科第一的成绩更是让我惭愧。

听她们说过自己的故事，我恍然大悟般发觉，自己的不成熟已到了可耻的地步。左手上吉他弦磨出的茧、笔袋里不发一言的笔说起来都是可以要命的东西；跟骨感的现实相比，丰满的理想是如此残忍。可一旦稍稍否定了后者，我又不知道自己究竟为什么要来到上海。于是我头枕着双手再讲不出话，倒是耳机里面，万能青年旅店仍旧在坦然而欣然地歌唱：

大梦一场的董二千先生

推开窗户，举起望远镜

眼底映出，一阵浓烟

前已无通路，后不见归途

敌视现实，虚构远方

东张西望，一无所长

四体不勤，五谷不分

文不能测字，武不能防身……

接下来谈及家乡时，我又一次语塞：虽然自己籍贯随父亲是湖北武汉，可想想只在尚是孩童时回去过一次，此外便与行李中户口本复印件上那个尴尬的"故乡"再无交集。我猛然一阵愧疚，接着莫名地开始想念济南。

次日按照原计划去文艺。在鲁迅先生墓前合影后，终于到达鲁迅纪念馆。我买了套先生的藏书票，接着开始想一个不知几时进入大脑的问题——倘若鲁迅先生活到了"文革"将会怎样？莫非继续"躲进小楼成一统"，抑或是在手指间袅袅的烟雾里眯起眼睛沉默不语？一直以来我都是敬重先生的，在写作方面，更在做人方面。但不知为何，我竟突然庆幸先生的早逝。回到济南后，我在 Google 上信手搜索了这个问题，结果却使我惊愕不已：原来当真有人提出过类似的问题，只不过问题里的时期并非"文革"而是"反右"；发问的是罗稷南先生，而被问的不是别人，正是毛泽东主席。回答则是这样的："以我的估计，（鲁迅）要么是关在牢里还是要写，要么他识大体不做声。"

于是我想起在纪念馆内看到的石膏面模，那高耸的颧骨，深陷的双目与两颊。那是一张孤独者的面容。

午饭后沿多伦路去了瞿秋白故居、沈尹默故居、蔡元培故居，遗憾的是左联会址纪念馆周一闭馆，只好在外面转转便悻悻作罢。弄堂间飘荡的"万国旗"，卖旧书古物的小铺，街边静静伫立的大肚皮邮筒，诸位先生的铜像……总算是到过了上海人文意味浓郁的地方，若依我，大概要在里面泡上一整天才够。或许这才是上海本来的样子，在兼容并蓄中又有一种近乎本能的相当的排斥力，虽加深了与外界的隔阂，但某种意义上来说也保持了那种独一无二的魅力。

接下来本想接着去书城的，无奈大家都已累了，便决定回到旅馆休息。晚饭误打误撞到一家好吃又便宜的中式快餐，大家皆叹息没能早点发现。在卖原盘的摊子上看到一套几百块的日版高仿 The Beatles Stereo Box Set，原版要一千五左右，想想高仿毕竟也是盗版，咬咬牙没买。晚上照旧是扑克时间，众人密谋吓唬老穆，计划周密，不想最后因我没忍住笑而穿帮，内心歉疚万分。几局杀人游戏玩毕，我被埋伏在晓藤被子里的一根针扎到，众人去前台严肃一番回来改打五十K，我用血迹未干的食指打出了一百七十五分的高分，不亦快哉。睡觉时又已接近两点。

在上海的最后一天，六点半铃响七点起床，难免有些困意。加之旅馆到颁奖酒店有相当一段距离，身着厚厚的外套，到达地点时大家都已经汗流浃背。名字被念出的那一刻，觉得运气站在了自己这边，其余的当然是满满的感激——真想就这么一直快乐而纯粹地写下去，不带任何功利目的地写下去

据坐在旁边的蚊子回忆，听到评委名单里"陈村"两个字时，我眼睛一亮。自小学起我开始偷我爸的书看，其中就有《弯人自述》，后来又慢慢看了《四十胡说》《今夜的孤独》《蓝旗》等，喜欢之余觉得作者一定是个可爱的大人——虽然毕竟是大人——因为以当时纯粹孩子的眼光亦能理解那些文字，且读起来觉得平和舒服，丝毫没有咄咄逼人的意味；再就《弯人自述》这篇来看，自己跟那位作者还是颇有些共同点的。

终于在颁奖仪式上见到陈村老师，比想象中要富态些，花白头发，大眼睛，面容和蔼——证明了我那时所猜的一点没错。我坐在第三排，

第一排是评委，只有陈村老师不断回头向后看，一直眯着眼睛笑，拿着硕大的相机不断给参赛选手拍照。颁完奖厚着脸皮凑过去合了张影，没要签名，仍然兴高采烈。

作为路痴兼方向盲，从酒店里脱身出来到赶上革命队伍的过程中，我至少问了五次路。所使我惊异的是，印象中排外的上海人在为我指路时却耐心且热情……回想起在季风书店里看到的那本《别拿上海人说事儿》，我想，也许这不仅仅是因为世博吧。

下午的时光主要在上海博物馆里度过。也许是真正放松了下来的缘故，我开始感觉到疲倦了，一路上全靠着 Augie March 的专辑才打起精神。晚餐仍旧在那家中式快餐连锁，我注意到"青岛"要六元一听，墙上有某人用圆珠笔写就的矫情留言。

凌晨一点的这班铁皮车算是让我真正见识到了春运。与陌生人比肩挤在软座上坐定，我已经累得不想再开口，却仍无法入睡。不知为何，望着窗外夜色中缓缓划过的橘黄色灯光，在车轮与铁轨相碰撞的单调声响中，我竟会感受到某种深深的、满足的平静。

是啊，终于要回去了。

那么，就在这里告一段落吧，这篇形散神亦散的流水账。

一直没怎么写过游记，大概是又宅又懒的缘故。如果说写下来是怕某天会忘记，那么，似乎又没有一笔笔记下这次旅行的必要了——真正重要的东西，比如这次美好的经历，是无论如何都不会淡忘的。

要谢谢一路上大家的照顾——总是背着包走在前面的帅帅老徐，可爱的蚊子，帮我提东西画刀刀的穆同学，受我茶毒不浅的高室友，还有英明神武的欧姐和晓藤，祝你们在高三一切顺利，以后再去北京还指着到你们那里蹭饭呢。其实作为没怎么出过远门的人，面对将自己团团包围的偌大的陌生世界时会突然觉得恐慌，比如那些拉着箱子在车站的人群里笨拙地穿行的时候。只有看到周围一起向前走着的你们，那些渐渐熟悉起来的安然的神情，才会稍稍觉得心安一些。

最后，当然，师父。感谢你一直以来的鼓励，你所给予的让我好好写下去的那些力量。还记得吗，那天你从办公室里追出来无比严肃地对我说，如果不好好比就把我扔在上海——我想这次终于没有砸掉有很大一部分原因是因为这句话吧，这句让我绷紧的弦一下子松开，然后终于笑起来的话。你知道，我是不善于表达自己的人，但是那些你说过的，你所教我的，我都记得，将来也会一直记得。

作者简介
FEIYANG

方言，1993 年 5 月生于山东济南。文青和愤青兼而有之，虽然很不情愿承认自己已经一只脚踏进了青年阶段。非常呆，不知该算是闷还是闷骚。喜读书，喜电影音乐地下演出，尤其喜运动，例如坚持呼吸、睡觉翻身、挤公交、游泳。零用聊胜于无，没进过咖啡厅，不认识绝大部分的外国牌子跟新生明星。想要一直好好努力写下去。（获第十二届新概念作文大赛一等奖）

城恋记  ◎文/陈霏

　　每一座城市都如同湖水上的浮萍之花，不断地吸引着你与她们的根茎相连，然后在巨大叶片的下方，深深地缠绕在一起。

　　我竟惊讶地发现，从上海回来了之后，我产生了西安症候群。

　　这是一个外表不痛不痒，但是却从内心吞噬着你对西安情感的病毒。它来的时候悄无声息，以至于我不知是从什么时候开始逐渐感觉到心里不适。我成功地开始厌恶我眼前看到的一切，并贪婪地吮吸着这样甚于变态的感觉。

　　或许是两地湿度与温度的差异，又或者是两地人文与环境的差异，再或者是两地习惯与饮食的差异等林林总总的原因。当我询问从北京上学回来的老姐，她无谓地说着，我讨厌死西安了，北京有多么多么好时，我终于了解了，一切不过是虚荣心作祟罢了。

　　这个让你厌恶着却无法摆脱的虚荣心。

　　我总是觉得，每一座城市都如同湖水上的浮萍之花，不断地吸引着你与她们的根茎相连，然后在巨大叶片的

下方，深深地缠绕在一起。如同章鱼肢体上的吸盘，亦如那个在你梦里出现了无数遍的魅影。我想西安便是有这样的魅力的。

是在一次次的情绪波动之后，我逐渐发觉自己像是与"西安"这个男人陷入热恋的娇小女人一般，把"西安"完全糅了自己的心里。我如同一位真正的全职太太般，时而散发着母爱，时而又释放着热情。我想我是真的热爱这里的吧？也没有人不爱这里的吧？

上海固然是有让人迷惑的繁华之感，但毕竟只是让人感到空虚的钢铁森林；北京固然是有让人羡慕的完整古建筑遗迹，但毕竟那现实与梦境的虚脱之感总会让人觉得迷惘。相比之下，西安的确是那远在西北大漠中一块不完整的璞玉，只有深深地体会他，你才会发觉他处于你心里的那个位置是一直都没有改变的。

也是永远都不改变的，哪怕是有着繁华与梦境的冲击。

到上海之后，我发觉这个号称杂聚四方美食的都市并没有让我感到欣喜。那些大街小巷中变了味儿的各地美食既少了原本的特色味道，还夹杂着一种说不清的上海味儿。这些除了有着吓得人脸色惨白的高价，便没给我留下什么印象的食物真是映照了"挂羊头卖狗肉"的一句箴言。我现在终于能理解老姐在北京时，给我发短讯说让我决定她的午饭是肯德基还是麦当劳的悲惨境地了。那的确是叫一个惨不忍睹。

相对来说，西安的特色美食那就是正正经经的大巫了。从驰名中外的羊肉泡馍、贾三包子，再到回民一条街的红红炒米、鲜香四溢的锅贴，还是市民阶层的"三秦套餐"——凉皮、米线、肉夹馍。那儿可都是能让你流满地口水的特色小吃。当然，这都是相对于那些真正喜欢品尝美食的人来说的。

我曾清楚地记得，一个外乡人面对着西安街边卖的香喷喷的桂花粳糕，用着不纯正的普通话说着脏死了的场景。我想或许他只是没有口福的人罢了。或许这种在只有面对着桌上的红酒与牛排的时候，他才会说一句还可以的人，上帝是否已经剥夺他品尝这样的美食的权利了呢？

其实我相信，不光是西安有这样的魅力，很多朴实而自然的地方同样也有。在上海比赛的期间，遇到了许多来自天南地北的人。我们那时会聚在一起，虽然是在条件不怎么好的招待所里，但是大家都在一起的样子就像是一个大家庭一般，我们就那样轻轻地植根在钢铁森林的一个小角落里，相互缠绕，吮吸着阳光与空气，分享着关于自己家乡的奇闻异事和风土人情。

很多人都不是来自什么大城市，很多人也是第一次来到上海这样的海上浮城。但是当他们笑谈自己的家乡时，每个人的眼睛都像是被灌入了一烛灯火，明亮地刺着我的双眼。每个人也都像是被注入了过量的荷尔蒙一般精神头十足得让人害怕。我想，只不过是有着爱着自己城市的那种心境罢了，只不过总是惦念着故乡情罢了，只是不巧患上了城恋症了呢。

所谓的城恋症，不过是故乡情将思绪缠绕在了一起，然后它钻进你的血液，从你的心向外做辐射状直至从皮肤表层显现出来的一种病症。患上这样病状的人，就如同陷入爱情漩涡的傻瓜，无时无刻不被城市牵动，而不能自已了。请扪心自问吧，你是否也得病了呢？

我记得韩寒曾调侃地说过世博会的标语应该是"城市让生活更糟糕"。我想我是在某方面赞同的，因为这毕竟是城市高速发展所带来的必然性。但在另一个方面，城市则是生活不可或缺的一部分。我们亲爱的城市给我们生活所带来的益处是远不能仅仅用这一句简单的话就寥寥概括的吧？相对的改成"城市让生活更复杂"是否会更贴切呢？如果是，那我们也就心照不宣了。

其实我一直疑惑于上海给人们带来的吸力。这个城市总是像一种机械一般不停地转动，从而产生引力，吸引着许许多多的人甘愿投身于这个庞然大物的口中。但上海并不是一个那么容易便被征服的地方，它或许有着连大自然都望而却步的生存定律。对于这个"成者王，败者寇"的生命舞台，无声的肉搏与拳脚便如同每天八点档的电视连续剧一样轮番上演。而那些自然原始的朴素小镇，就显得是那样的弥足珍贵了。

西安以钟楼为中心，向东西南北四周呈放射状散去。除过最繁华的地段，各个地方也是形象各异。像是南郊的高层与北郊的平房相得益彰，亦像是人数及人口质量东西差异般。西安于上海便是那个落后的地方。正在修筑的地铁和已经开通的一二三四五号线等发达线路的对比，街道环境劣与优的对比，基础设施建设的完整与完善之间的对比。以范伟在春晚上的笑料来说：同样都是城市，差距怎么会那么大呢？

我并不是在数落或者是讽刺，而是真正地在认清自己。我总是坚信西安有这样的潜力，可以如《奔腾年代》中的小马驹海洋饼干一样，终有一天驰骋在属于自己的赛场上，取得他人都不及的骄人成就。

在从上海回来的不久之后，我的西安症候群就已经消失了。我以为我已成功地摆脱掉疾病的时候，另一种病症却又重新粘上了我。

它是城恋症。

又是一个让我厌恶但无法摆脱、不断贪婪吮吸的病症。但是我却由衷地喜欢，就像我热爱西安，钟情于我的故乡一样。永远都无法改变了。

作者简介
FEIYANG

陈霏，女，1991年11月出生。（获第十二届新概念作文大赛二等奖）

遥远的尾城  ◎文/叶璇

今年是生活在尾城的第十五个年头，我却莫名觉得自己离尾城越来越远。

低头看自己那双板鞋，分明踩着尾城的土地，沾着尾城的泥泞。它也只有在踏上尾城的刹那，才会变得轻快而敏捷起来。

三分钟前我母亲大人打来电话，在工作中支使我去老人活动馆前头收晒在那的衣服。

我皱眉头："哪里啊……"

她在电话那头描述："就是你小时候的托儿所前面嘛。"

一时间恍然大悟，挂掉电话，穿鞋子，出门。那里离我家住的那幢楼挺近，出了门右拐再左拐，低矮的瓦房边缘就映入眼帘。

最近听说要拆了，我这一来也算是看它最后一眼。忍不住笑，生死诀别？

不骑自行车之后就几乎没再往这条路走过。出门通常习惯左拐再左拐，绕道小区小门，然后出去。因此，在不骑车之后，曾经在这条道上偶遇的儿时玩伴也再也没有见过面。

契机没有了，时间淡了，对方的面貌也模糊了。

其实想想，小时候好歹一起玩过游戏，拉过小手，亲没亲过脸我就不知道了。

关于对方的脸，总觉得是藏在一阵明亮的火光背后。

狗血电视剧给出的剧情是：仇家纵火，我挣扎着，泪流满面地看他死去，从此伤心欲绝，失忆崩溃，如今回想起来只有残碎的拼图云云。

回忆里的真相不过是一次由大孩子牵头的烧烤。

带着错放竹节而飞溅的火星，白果，热狗，鸡腿，还有番茄酱。围坐在火光边上的彼此的脸红彤彤的，热气上冒，逐渐模糊了对面的脸。

背景是瓦房下的托儿所，上幼儿园之前在这里摸爬滚打过好一阵。

带我的老师而今住在我楼上，如今见到她，"老师"两个字生生卡在喉咙里。她背后的小孙子朝我咧嘴笑。

现在她站在我背后。带着小孙子，也来这里收衣服。

好在露出礼貌而腼腆的微笑并不难，我把衣服一件件取下来。味道很好闻，托了阳光的福。连续几天的阴绵天气使衣服上身的时候总干冷干冷，难得放了晴，难怪老妈把衣服晒到这来了。

不管是冬天夏天，这里的阳光总是充足。我左右张望，看见夕阳逐渐埋没在山的豁口里，是好久没有见过的景色。

和老师道别后抱着衣服回家。照例上电脑，翻博客的时候翻到一篇日志。

一张尾城俯瞰照在先，接下来我断断续续地写道：

"沿着山道往上走，不用回头也能想象身下的风景。被马尾松遮挡住的小城的容颜逐渐展开，不是大家闺秀，不是小家碧玉，是平民家的孩子，风尘仆仆。"

投入莫名的怅惘当中，好像刚刚想起来，我住在尾城。

这里是尾城，隶属F市，距离市中心二十三公里。

靠山临江，鲜有高楼。傍晚的时候阳光会眷顾我的窗前，明亮而柔和。

1998 年这里的大雨淋过我，山脚的小区那一天洪水过膝。

从阳台眺望雨中的尾城，模糊的、未知的小地方。后来在这里读完小学、初中，好像与它熟悉一点了。到 F 市另一端求学之后一年半，尾城又成为我的陌生人。

乔给我发短信，催我去初中校门口的奶茶店。

猛地抬头，才想起来今天的同学聚会。不由得欷歔，居然还有时间坐在电脑前头矫情地发着怀想。耸肩摊手，收拾东西，风风火火地出门。

街道还是那样的街道，我一面疾步走着一面审视。

想这一年半来逐渐失去联系的人得以重逢，心情大好。只是当初一起喝奶茶的人，不见得可以全部集齐。

一些人和我一样在尾城以外继续着学业，另一些人则留在了尾城的中学里，相亲相爱。

还有一些人永远地离开了尾城，从遥远北方给我寄来大雪满城的照片。

我在街道走，没有碰上一次惊喜的巧遇，只有那些来尾城打工的人，提着刚买回来的菜，日日更新着面孔经过身边。

临近过年，街上已少有人走动，像是我从学校回来的每一个夜晚。只剩下风还依稀在吹。

新开发的楼盘与旧房并立着。旧房的外墙铺满了干枯的枝条，不知道是哪种藤蔓的尸体。新长出来的藤蔓顺着枝条与之缠绕。

那家奶茶店就近在眼前。外表还是一副破败的样子。

店主是一对年轻夫妇，卖的奶茶不浓也不淡，配着他们的烧烤感觉非常好。

以前放学的时候总忍不住拐进去，等奶茶的时候和店主闲聊。他们的日子过得平淡而惬意，节假日经过的时候，经常看见男主人带着儿子在散步。

乔已经站在那门口，拿着手机向我挥手。旁边已经稀稀拉拉地站着几个人了，都是熟人。

我走过去说："人还没到齐？"

乔说："就等你了。"

指指附近的人："其他人呢？"

"有事吧。能聚起这几个已经不错了。"

我点头："也是。那接下来的安排？"

乔塞给我一杯奶茶，集体开始挪动。乔说这店过几个月差不多也要拆迁了。摇摇头表示惋惜，我说："算了，反正现在也没怎么喝了。"

几个人组成的团队在尾城大街上扫荡着，最后拐到江边小公园里，缩着脖子爬公园里的那座塔。

七八层高，每爬一层便要走一圈才能找到通往下一层的阶梯。

越是高层，绕圈的步子越是谨慎。

踩着最后一层那接近于垂直的楼梯，勉强爬到塔顶。

围栏仅到腰部，站在其上，紧紧握着栏杆，迎面是猛烈的江风，把头发都吹散，非常自在。浑浊的江水只投出一点隐约的塔影，水声比任何时候都要真实地顺着风灌进耳朵。几艘机动渔船逆着浪经过，最后在远处江面上化作一个小点。

胡乱地喊了几声"今年压岁钱多多地来啊！""你滚！我今年没有压岁钱了！"……江对面没有任何回声。对面的城镇和尾城的格局很类似，那里像是尾城，又不是尾城。

下来之后心里莫名涌起一阵劫后余生感。

后来又去了KTV。挺惊讶的，原来尾城也有。

一直以为这里就是座平实而稍落时代的地方。原来在我坐公交疲倦地来来往往两头奔跑的这段时间里，你也和我一样，超出自己的预料不可阻止地变化了。

和狐朋狗友告别，步行回家。

看偶然经过的公交车，离开的工具。

当一个人外出，公交驶过黑暗隧道，离开尾城的地界，我隐隐约约地想。

　　遥远的尾城。

作者简介
FEIYANG

　　叶璇,女,1993年生,摩羯座。ACM（Animation、
Comic、Movie）中心无限期重症患者。太过平庸,
无以示人。（获第十二届新概念作文大赛一等奖）

江南游记  ◎文/何璇

一 绍兴

去绍兴的旅途是在寒假。

风依旧是同往年那般寒冷，阳光却出人意料地灿烂，温暖又明媚。

绍兴出了很多名人，却也注定了它要承载着更多离别与悼念的伤痕。鲁迅的笔触很沉重，这方养育他的土地却轻盈像是貌美的少女，容颜永驻。毕竟是江南，毕竟是绿水青山，毕竟是风过无痕岁月不留，哪怕是再沉重的过往，也终究无人挽留。随着那匆匆逝去的风沙，有多少留守，又有多少被带走？只有那笑靥如花风景如画见证每一次的伤别却又悲哀地永生。

鲁迅的那一些故居是匆匆掠过的，却在兰亭停留了许久。

哪怕是冬天，兰亭依旧是这样的充满活力。成片的竹林占据了大部分的视野，河岸旁树柳正秃却暗含着蓄势待发的生机。没有花的娇媚，而仅是绿树却依旧别有一番风趣。又何况流水潺潺，落叶点点，文人墨客的雅聚，就自然应当是共此良辰美景，谈笑古今聚变。康熙手书之兰亭，王氏父子之鹅池，各具神韵而都洒脱飘逸。

无论何处都能看得到笨拙地前行着的白鹅，步履蹒

蹦，磕磕绊绊。它们备受王羲之的宠爱，却永远不懂那作词赋诗之乐，流曲漂觞之趣。而这却无妨，它们的参与不仅没有使兰亭不协调，反而使此情此景愈发趋于完美。一静一动，一肃一趣，大约也便是王家书法的真谛之所在。

沈园最美，却也最哀伤。一样的池水，绿水荡漾着微微的波纹；一样的山林，绿林妩媚地颤动纤细的腰身。寂静蔓延，只有林间鸟的鸣叫。脚步不禁放缓，恐是惊醒了沉睡的魂魄。沈园就是座陵墓，你看那段最凄哀绝美的爱情，它就葬在这里。白色的院墙在阳光下晃了眼，只有石刻的那两首《钗头凤》在暗色的墙上格外醒目。

东风恶，欢情薄，陆游痛苦的不是无法天长地久的缺憾，而是难以忍受拥有过后的空虚与孤独。想当初的缠绵爱恋，又怎寡于世间最深的浓情蜜意？只无奈一场东风吹散了鸳鸯搅乱了春水，再次的相逢也道是物是人非徒增欷歔罢了。若是陆游洒脱些，就该明白两情若是长久时又岂在朝朝暮暮；但又若是他早早释怀，心怀惆怅却并不挂心于此，也不会有流传后世的《钗头凤》，为凄哀所萦绕的沈园传说。两曲《钗头凤》，是唐陆二人的琴瑟绝唱。之后的相距千里，再之后的阴阳两隔，都只能把那份追不回的过往深深地埋葬，埋葬在江南的烟雨中，却心碎了依旧不懂，只因为刻骨铭心的错过和哀愁。

夕阳落日，温暖了闹市街头。
不是夕阳如血，
不是阴云似绵
一点红
足以晕开寒冬渲满天。

洗净铅华
腮红轻点
淡淡的一抹，

沉醉俏丽娇羞

寒水清浅。

温一壶酒，一碟豆。绍兴。冬寒如绸。

二 千灯

千灯古镇，小楼春深。

若不是春日里的一次偶遇，或许我永远也不会来到这个静谧地躲在江南一隅的小镇窥见她的芳容。江南，总是千万的百转愁肠，漾成一潭化不开看不清的绿水，浓得惆怅。高楼粉阁，团扇素琴，清冷的香随着哀婉的音一点点渗进心里，有丝丝的凉。她是望夫归的女子，看着庭前花落蝴蝶双飞，垂泪自语。她不一定美，却一定哀伤而坚强。

千灯镇就是这样一个朴素而平凡的地方。我未曾看到过关于这个地方的任何介绍，甚至没听说过这个名字。她如此普通而渺小，让人在留恋迤逦的风光与壮丽的山河之间，忘记了她，长达千年寂寞的等待。像是面容憔悴的少妇，在漫长的等待中忘了梳妆，老了红颜。那早已失却的风韵，洗净的铅华，一点一滴地沉积起来，依旧可以描摹得出昔日的精致容颜。灿烂若烟花般的年华总逝去得比花朵更快，一场花期的长短只是漫长中渺小的一瞬，孤独的守望才是无尽的永恒。

普通的水，普通的桥，普通的楼，普通的路。有庙，却是苔痕上阶；有塔，也早已锈迹斑斑。那个"天下兴亡匹夫有责"的顾炎武，那个发明了昆曲唱腔的顾坚，他们曾经居住在这里，而现今又去了哪里？顾绛祠堂是整个镇子看上去最新的建筑。浓墨重彩的绿簇拥在平坦宽阔的路旁，天气晴朗时它总耀得让人睁不开眼。阁楼亭宇略施粉黛，如此淡妆却足矣成就那一点秀丽。而这里太静，罕有人至，又悄无声息。这一厢，屋子是老的，却总是热闹着。小楼很精巧，明明是上了年纪了的，却总透着股孩子般的稚气与天真。一楼的大堂上摆着很多方桌，应是看戏用的。二楼小小的戏台前坐满了人，总是当地人居多。琵琶音嘈嘈切切碎了一地，没有奢华的玉盘也依旧清脆得动人。哪怕是走得很远了，也总可以绰约听到悠悠的昆曲和软糯的唱腔，在空气中慢慢扩散然后消逝不见。

不似周庄或七宝那样挤得可怕，甚至说，几乎没有观光的游客也可以算是事实。千灯被这个世界遗忘得太久太久。而或许这本就的确不是一个适宜游玩的地方。踏在磨得发亮的石板路上，每每路过的是一户户敞门的民居。一层的瓦房，平顶，可以轻易地看见的灶台，灶台旁的八仙桌，八仙桌旁的木板床。墙上贴着年画，早已被油熏得失了颜色，发白发黄。房子一间挨着一间，像是挤成一团的鸡雏，在料峭的春风中瑟瑟发抖。老人头发花白，穿着蓝靛色的棉衣，颤巍巍，倚杖柴门外。男人大多都工作去了，只剩下女人们搀着老人，或是在巷口简易的铺子里卖些饼、鞋。商业化的气息是很淡的。卖各种商品的铺子也不是没有，但大多却还是以草织物、香包等手工制品为主。

买了些袜底酥，边走边掰着吃。很香，也很脆，椒盐的味道刚刚好地搭配着烘烤过的面粉和酥油的香味。轻轻一咬，洒落了满地的屑。星星点点的白，于是就这样很不小心地撒了一路。

原来满足可以是这样平凡的事情。小小的千灯，永远能够带来感动，以及饱满的幸福感。

傍晚。太阳落得很快，天却不黑。

古镇千灯，万家黄昏。

三　杭州

杭州的美，美在她不显山露水。

可笑的是，住在上海，我却在这么久的之后才第一次踏上杭州的土地。上海和杭州，相聚并不太远，却总怀有不同的风情。

春末是湿冷的，并没有暖洋洋的倦意。而这个城市却总看上去面色疲惫。街上少有人，早晨许多店铺也都是不开门的。树很高，很绿，不同于上海的铁青，总是蒙上一层看不透的灰尘。住的地方可以看到宽敞的路，以及秘密的山头。依旧是同树那般年轻而富有朝气的绿，一时晃了眼。

最先去的地方是西溪。去的时间很不巧，梅花未开，仅光着的枝上凸出几点早熟的，尚未完全爆开的花苞。面朝阳光的方向，可以清楚地看见上面细小的绒毛。白色的，玫红色的，鹅黄色的。她们那样渺小与脆弱，却又倔犟地要顶起一个春天的料峭寒风。

沿着梅林走，总有流水伴着。西溪最不缺的就是水了。水穿过草堂，穿过木桥，躺在小道旁，积蓄在林边。凉风吹皱一池春，像是慈悲的双手在轻轻搅动，哪怕一片小小的叶子、一团轻轻的柳絮，也能激起它忽然而至的战栗。

我不知道在其他时刻的西溪是怎样的光景，而此时这里是蔓延着一种凄清的气氛的。余霞落日，刺眼的阳光将池水和高过人的芦苇镀上了一层金色。没有鸟鸣，也鲜有人迹。没有怒放的花朵，也没有盎然的春意。如果能够一直坐在桥头，看着太阳慢慢沉落，又未尝不是一件动人的事情。有干枯而发黄的草，有垂落而颓然的枝。他们在风中沙沙作响，发出一种很脆的断裂声，不知是在笑还是在哭泣。这是属于春天的凄清，太内敛，也太悲伤。安静的美丽并不总是快乐的。杭州的安谧仿佛失去了生命的气息，让人屏息于云端。

去西湖那天，天下着小雨。微凉。湖上一片的雾气茫茫。天空有些灰暗，看不透彻。落下的雨水在湖面上打出一个个小坑，溅起一串串支离破碎的珍珠。游人撑着伞在湖边漫步，大多是情侣，呢喃的私语，因为这场雨而有了最好的遮掩。也有一家的出游，透过茫白的烟尘，依稀远眺对面的青山绿林。

湖上应当是有座桥的。白堤东端，断桥残雪。古人所赞之胜景为雪湖。而我却以为烟雨中的桥是最具有风情的。雪虽莹白却厚重，杭州应当被赋同样飘逸潇洒的雨水。就像旗袍属于江南女子，狐裘属于漠北巾帼，他们总有那份属于自己应当的美丽装束。湖水包容着从天而降的眼泪，那是最温柔的宽容。

坐在楼外楼，泡了壶龙井，点了些小菜。依然是凄冷的，却因为茶水的余香而慢慢温暖起来。

> 千般万种的烟雨风情，
> 落入一池寒水碧连天。
> 檐黑墙白的小楼雕阁，
> 漾开重影暖冬对愁眠。

上有天堂，下有苏杭。最靠近天堂的地方，也是最孤独的地方。越是接近完美的东西，越是最寂寞的东西。杭州，牵发出多少的哀断愁肠，不是因为她的凄清，而是因为她的完美。

作者简介
FEIYANG

　　何璇，一个感性的、喜爱文字和音乐的女孩儿。（获第十一届新概念作文大赛二等奖，十二届新概念作文大赛二等奖）

睡地板的日子 ◎文/谢欧

XO 同学收到短信时正是惬意的暑假。得知自己要跟学校的回访团去韩国的时候，她正窝在沙发上看韩剧《魔女游戏》。

XO 同学在元旦的时候曾经接待过韩国大永高中的访问团的一个女生，这次 XO 同学将要住在那个女生家里。

很负责任地说，XO 同学就是我。

一

后来我才知道，这次去的学生有八人，还有两个带队老师。

负责的徐老师让我们先去办护照。花了 200 块钱之后，我们被组织到一起填写签证申请表。我的兴奋之情溢于言表，不好意思地说，这是本人第一次迈出国门，把自己类似于恶魔的爪子伸向海外。

校长亲自给我们开会，强调纪律，还要我们走的当天要穿校服，以显示我们的精神面貌。

之后我交了 3570 元的机票费，就等着国庆节迈出国门了。

我从同行的戴璐手里借来了一本韩国自助旅游的书，研究上面的图和文字。

同桌小燊燊翻过书之后，兴奋地指着一张图片对我说："给我带一件韩服当作礼物吧！"

我拿出计算器，一声不吭地韩币折合成人民币。然后把计算器递给她看，她沉默了几秒，用可怜巴巴的眼神看着我，指着书角上的一个小图说，给我带个蒲扇回来就好了。

二

十一长假，我们在国庆节当天中午集合，出发去机场。

老妈给我带了八万韩元（约 480 元人民币）和一张 2000 元的信用卡，把我感动得不行，我刚想拥抱她，她就用一张纸把我给顶了回来："按照单子上写的给我买化妆品。"我暗想这一什么妈啊。

因为等待登机的时间很长，无聊的我们就极不雅观地穿着全省闻名的重点中学的校服坐在机场的地上打扑克。同行的只有一个男生，谢天。他手气极好，每次都赢。有一次他以三个 6 结束战斗，我们剩下的三个女生鏖战正酣，他得意地整理着牌，拿起他最后出的三张牌，对我说："你没看出什么问题吗？"我一看，两个 6 一个 9，鄙视地说，他就是一出老千的。

由于当天没有直飞韩国仁川机场的班机，徐老师就买了去青岛流亭机场的航班，转机去韩国。

到达青岛流亭机场的时候，正赶上晚饭时间。我们决定去机场里的 KFC 搓一顿。机场里的 KFC 定价比外面普遍高 0.5 元到 1 元。

吃完 KFC 之后，我们直接就在里面开了野餐会，拿出了带的零食大快朵颐，直到服务员来阻止我们时，桌子上已经堆满了各种零食袋子。

我和戴璐排队过安检的时候，对安检口上方悬挂的牌子产生了兴趣。我自以为是地读出来 "International Society Check"，然后我回头对她说，society 不是协会的意思吗？

结果前面的一个韩国大叔回过头，看着我们字正腔圆地说："Security。"

戴璐拍着我说："你的脸丢到国际友人那里去了。"站在后面的任群为了这件事笑了我好几天。

三

到了仁川机场，韩方学校派来接我们的老师已经等了很久了。

她自我介绍姓崔，在中国留过学，所以中文说得很流利。崔老师很温柔也很细心，在校车上她把行程发给我们。行程装在一个透明的文件夹里，让我不禁佩服对方接待我们的态度。

接待我的女生名叫吴有真，她家住四楼，电梯。她家包括她哥哥有四个人。她的妈妈会一点英语，这让我觉得还比较好交流。她的爸爸很忙，回家很晚，一回来就拉着我就说"beautiful girl"，弄得我很不好意思。

她家三室一厅，没床没沙发。仅有的两个椅子是写字台用的。这房子这么省空间得多便宜啊，估计韩国房价不贵。她把她的屋子腾给我住。她和她妈妈睡一起。

我有些郁闷地看着被我从壁橱里拽出来的褥子和被子，晚上不仅要自己铺床，第二天早上还要自己把它们叠好放回去。此时的我无比想念自己的那个从来不叠被子的小狗窝……

第二天早上，由于时差的缘故，我大概五点多（北京时间）就被闹钟弄醒了。

我们要到马路对面的公车站坐车去学校。马路上一辆车都没有，但吴有真还是把我带到了十字路口穿过马路再转回她们家小区的正对面。

一路上，我觉得很不习惯，想了半天原来是没有听到汽车喇叭声。

韩国的交通秩序着实让我惊叹了一把。

集合之前还剩一些时间，于是吴有真便带着我去她们班转了转。我一直以为韩国学校要比中国的开放，没想到那里直接就男女分班，我又惊叹了……

她们班的同学都很热情，其中有个女生对我说她特别喜欢我。她自我介绍了半天，我才理解，人家居然是 president（学生会长）！

人家之所以喜欢我，我觉得就是人品问题。

学校安排我们去韩国民俗村参观。韩国学生陪同。

同行的还有当时来中国的翻译老师，她也姓崔。她是个很可爱的老师，个子小小的，很精致的感觉。再次看到她我们都觉得很亲切。

路上巴士经过了汉江，江岸对面在韩剧里无数次出现的高楼折射出的光芒耀耀地闪烁。

在民俗村那里我们看到了很多图腾，对韩国房顶结构以及材料的介绍让我记忆犹深。

参观的时候，我看到了一个身着韩服的男子，以为他是为游客提供拍照服务的工作人员。我心想这里的工作人员待遇还真高，这么多跟班，又是打伞又是搬椅子……突然我看到负责接待我们的崔老师满脸通红地拿着相机追着那个男子就跑。带队的仇老师告诉一脸不解的我说："那个人是《巴黎恋人》的主角朴信阳。"

我觉得自己很受伤……

他们正在拍一部电视剧，前一天晚上我们刚刚在接机的大巴上看过这个随拍随播的古装电视剧，在里面我就认识一个文根英，记得还有一个长得特别惊艳的娘娘。（因为她从宫里的道上走过去之后所有的男的都停下不干活了，我只听懂了一片惊叹声，应该是为她的美貌惊艳吧？）

午饭我们是在村内的一个饭店直接解决的，四人一桌，每人一份石锅拌饭，每桌一份泡菜饼。味道很不错。吃完饭我们几个人出去遛圈的时候才发现一份饭要将近五十元人民币，也就是说这一顿饭我们吃掉了一千多块钱。

遛圈的时候其他的女生都想去洗手间，我们就找到一个纪念品店的女售货员问路。任群对我说千万不要说 WC，不文明。

于是我说："Where is the washroom？"

对方一脸茫然。

"Bathroom？"

茫然。

"Toilet？"

继续茫然。

"WC？"

对方抬手一指。

我好像听到了任群晕倒的声音。

吃完饭我们继续逛，我吸取上午的教训，东张西望地找穿韩服的人（咱先不管他是谁）。我们晃到了拍摄《大长今》《王的男人》的拍摄场地，复古的场景看得我一阵感慨，玩站着摆的秋千的时候，我沦落到了和一群来秋游的小朋友抢秋千的地步，有很多漂亮可爱的韩国小朋友站在我们身边，感觉真的特别舒心。

之后我拍到了一辆面包车上的 BBS 台标，我猜想应该还有可能找到目标人物。

我们凑成一堆儿看民俗表演的时候，我看到了一个穿韩服的女的！她身边还有一个提着塑料袋正在打电话的男的！我立马就抽了，一把拉上那几个女生，追着她就跑。我跟在她后面，一个劲地说："Excuse me……"等她终于意识到我在喊她、她的经纪人打完电话的时候，我已经追了她五十米……我问她可不可以和她合影，她的经纪人用挺生硬的英语说"No"，然后她就侧身，提起裙摆，微微下蹲表示歉意。我们就惊艳了，多有礼貌啊！这时我才反应过来她就是电视剧里那个特别惊艳的美女。我把拍到的她的背影给老师看，问她这是谁，她看了好久，说："具惠善。"

天哪！她就是韩版《流星花园》的女主角！

从民俗村回来的路上，大家都累得睡着了，车厢里尽是困顿的气息。

不过等到我们从车上下来之后，每个人都变得精神焕发了……我们一致决定去卡拉 OK 消耗我们精力旺盛的青春。

我们被带到了在他们学校附近的一家位于地下的"卡拉 OK"，很有韩剧里的感觉。不过进去一看，对那里的设备无比失望。很像我们国家上世纪 90 年代的设备，恍惚觉得穿越时空了。

节目单全是韩文，等到找到几首汉语歌曲的时候我们都很激动。仅有的几首歌曲都是国内耳熟能详的流行歌曲，甚至还有周杰伦的《七里香》。

那天我们唱歌唱到 high，最后等韩国同学很委婉地阻止我们之后我们才离开了那里。

四

10 月 3 号是韩国的国庆节，安排是自由活动。我们一行五个中国人六个韩国人浩浩荡荡地出发到让我出发前心跳加速的"乐天世界"游乐场。对，就是那个卖木糖醇的乐天。

一进去，其他的三个女生都买了一个兔子耳朵的弧形发卡别到头上，我觉得自己"聪明"的大脑袋配上这个东西很像五百的二分之一，于是我在吴有真的建议下买了一对熊耳朵的发夹。我还很认真地说回国之后我要是高兴我就戴着这个上学，遭到了一致炮轰。

"乐天世界"分室内室外两个部分。我们上午在室内玩。第一个玩过山车，我使劲地抓着安全把手，告诉自己死不了，在一通翻江倒海之后愣是一声没吭。

玩"辛巴达冒险"的时候，座位是四个人一排的，戴璐、我、曹如茵、谢天按次序坐上了车。车子一开动，戴璐就被两边的骷髅吓住了，尖叫不已，我配合地也叫了几声，并把风衣的帽子戴上，没想到这成了戴璐的毛巾，她一直揪着我的帽子挡眼，不断地往车里缩，害得曹如茵不得不说："你俩往那边一点啊……"由于我的帽子摘不下来，我明显地感到自己的脖子后面多了一只手……任群和谢天很应景地在船边上撩水往船里泼，戴璐几乎呈崩溃的姿态……

船停下来的时候，我发现戴璐的座位是空的——我们四个被挤到了三个座位上。

这里的一部分设施有"Magic Pass"，类似于预定，可以拿着pass card 去别的地方玩，到了规定的时间可以不用排队直接玩。我们的第一张 card 是海盗船。这可不比小时候见到的那些，倾角86°，架子高 35 米——戴璐干脆地拒绝玩。

玩之前我们斗志昂扬要坐在船的两端，没想到进去的时候船头船尾坐满了，我们只能坐在偏后的地方。船一启动，我觉得这个位置还是很好的……

到了室外的部分，我觉得里面玩的——那算什么啊。

激流勇进，我勇敢地选择了第一位。所谓上上下下的享受——船停下来之后，我的腿也软了。

高空弹跳，70 米高时速 100km，我就觉得吹了一阵风，心脏顺便蹦了蹦。

高空转盘，倾角 96°，圆盘旋转。天旋地转之后，我居然一声都没叫……

我坚定地相信，我的意志变坚强了。

回家的地铁里要坐扶梯，扶梯刚一向下运行我就条件反射般紧张地抓住了扶手。我发现同行的大部分人都表情严肃地做着同样的动作。

我觉得不是我们在玩，是我们在被玩。

折腾了一天之后，我用她家的电脑上 QQ。很多同学都在线，群里一直在问我韩国怎么样。我简单地跟他们描述这两天的事，莫名其妙地答应了要给很多人带礼物。

晚上铺床的时候突然想家了。也不知道爸妈在做什么。很奇怪夜里就很难得地失眠了，睡不着。第二天早上一起来脸上赫然有两个黑眼圈。

五

来韩国的第三天我们终于来到学校正儿八经地进行文化交流了。

这天星期六，学校弄来了八十多个志愿者跟我们一对十交流。首先是自我介绍，我站在台上手握话筒刚用韩语说了一句你好，就有人兴奋地叫我还跟我招手，我没戴眼镜，模模糊糊地看到那个人好像是吴有真的那班同学，喊我的好像是那个学生会会长。我想说"低调低调"，我遗憾地发现我不会用英语表达，我就忍住了。我感觉很好地用英语说完了自我介绍，自认为我的掌声是最热烈的。

坐回座位之后，戴璐感慨：不愧是电视台的负责人，拿话筒的姿势都跟别人不一样。我很臭美地总结：人格魅力势不可挡。

那个学生会长和吴有真的同班同学都在我的组里，她们兴奋的样子让我都不知道该说什么好。经过我们手舞足蹈的交流，我才知道，原来韩国的教育制度跟中国差不多，高三在周末也是要加课的，作息时间是一周歇一天，一周歇两天，轮换着来。他们每天有七节课，每节四十五分钟，自习室也在晚上开放让学生学习。我觉得人家比咱们还惨。

交流快结束的时候，会长送给我一本书，好像是她们的校刊，封面是蓝色的，竟然是摩天轮的图案。她在上面写了很多给我的话，但我的名字她拼错了，我就很认真地用汉语拼音把我的名字写下来给她看。她写着她喜欢 Jay-Chou，我向她核实的时候，竟然引来周围女生的尖叫，"He is very handsome！ I love him！"

我用一句话总结："To my surprise……"

接着我们去音乐教室欣赏农乐队表演并学习乐器。

表演的节奏很震撼，很有气势。我还发现有一个表演者长得很像吴尊，真是不花痴都不行。(但是任群说："你什么眼神啊。")

欣赏完了我们就各自找了个"师傅"去学乐器。我挑了一个鼓，就是那种很像一个沙漏的鼓。这种鼓两面的鼓槌是不一样的，击打的方式也是不一样的，我在师傅不厌其烦的指导下终于有个样子了。师傅是个很可爱的女生，学完之后她就拿着一张纸读给我听，我听出来她在说"我们是朋友"，我挺感动的。

下午我们被安排坐地铁去市区看现代武术表演。我很纳闷，你说咱一个中国人到韩国看武术表演这叫什么事。

我们从地铁里折腾了一个小时才到剧场，我看了看票，唯一能看懂的就是票价，四万韩元，合人民币二百五十多元，够贵的。中文的介绍上说，这表演获的奖倒是不少。表演很受欢迎，剧场里座无虚席。

开始之后我才明白这是把武术增添舞台效果，融合了诙谐幽默的剧情，像是哑剧表演。台上的演员表演很精彩，掌声阵阵。但作为一个中国人我心里很不是滋味，这些明明是中国传统的文化，却让韩国运用得这么好，获了这么多的奖。

晚上我们自由活动。吴有真的爸妈请我们去吃自助餐，在车里她特别兴奋，一个劲地谢我，说是我要是没来她也没这个机会吃这个自助餐。(因为这个饭店比较高档，一位要三万韩元，我们四个就是十二万……)

自助餐厅跟中国的没有什么区别，唯一不同的就是生食和酸菜比中国多。我吃完之后，她说她还没饱我怎么这么快就吃完了，我没好意思告诉她，我失策了，吃了好多点心。

吃完了我就和她一起逛商场去了。我按照老妈的单子写的去买像兰芝之类的韩国品牌的化妆品，售货员很有礼貌，也很温柔。化妆品的价格的确比国内便宜很多，而且商家会送给顾客很多很多的试用装。我顺便又给老妈买了很多小件的化妆品。

之后我买了很多韩国的"traditional food"，买完我就伤心了。这些所谓的"traditional food"里竟然有羊肝羹、花生怡这些绝对中国的东西。

六

星期天我们就直奔商场购物了。可我什么衣服都没买，一是因为我可爱的身材貌似不太适合这些衣服，二是钱我基本上都用来体现孝道给老妈买化妆品了。在顶楼卖纪念品的地方我倒是花了不少钱，买了一堆东西回来送人。

晚上学校请所有的家庭吃饭，我目瞪口呆地看着服务员端上来的菜，心想这怎么着也是一饭店啊，这也叫菜啊？挺大的一盘子，里面就四块小小的刀鱼，而且这韩国餐厅净是我不吃的凉菜，这顿饭我一共没动几次筷子。

吃完了我们又去逛街了，逛夜市，这跟中国没什么区别，我收获了十几双很好看的卡通袜子，估计我两三年内不需要花钱买袜子了。

回家后我开始整理行李，看着我买的那些东西，都很占体积。吴有真说不用着急，她去给我弄个箱子来，还要给我个 surprise。她出门之后我就百无聊赖地去上网了。

等了有一个多小时她才回来。她拿进来一个大箱子，说我可以用它装东西。

我整理东西的时候，她敲门进来说："Xie Ou, this is my last gift

for you." 听完这话我的心里咯噔了一下，她递给我一个 Disney 提包，这是我逛商场的时候看到的一款，当时因为它的价格（约 600 元）我没买。

我当时就快哭了，咬牙忍了忍，憋住了。我没想到她竟然这么在乎我，对我这么好。

我写了一封信放在她的抽屉里，写的时候我想起来这短短的几天的我们之间的相处，因为语言问题我们的话不算多，而且大家一起活动的时候我们都是同一个国家的人待在一起，所以我们的交流远不如我跟同伴们多。但是她在我遇上不高兴的事情用英语跟她抱怨的时候，很贴心地开导我，照顾我，我的眼泪就止不住地流下来了。

七

最后一天了，我们拉着行李箱回到学校。

学校方面为我们精心地组织了一场欢送演出，现场的气氛很活跃，很明显地不同于中国的校园演出。

主持人是那个学生会会长女生，她负责英语部分，还有一个男生负责韩语部分。农乐社的同学们为我们进行了精彩的表演，气势宏大精彩绝伦。他们学校还有街舞社，男生女生都进行了表演。印象最深的是一个男生，他的滑步做得非常熟练。

看完欢送表演，我们也要离开学校了。我们沉默着把行李放上校车，我跟吴有真道别时，她一直跟我说 "Goodbye, I'll miss you." 我坐在车上看着她，她一直在跟我招手，最后我还是没忍住，冲下校车抱着她就哭，她也哭了，这时候我才发觉我们早已把对方当作好朋友。之前是我没有珍惜，而我的后悔已经迟了。

下午我们去自然公园和海边消磨时光，由于有一个同伴出了点状况，我陪她去医院了，于是我很遗憾地没有接触到韩国的大海……

四点左右我们启程去机场。

我们一个个沉默着走进安检口，突然我发现带队老师都哭了。我扭头看到招待我们的两个崔老师正蹲在磨砂的玻璃挡板下面跟我们挥手道别，我看着可爱的她们，有点眼圈发红地扭过脸去。

时间还早，我们看着正对面的免税店两眼放光。我进店里溜达了一圈之后很豪爽地刷了 25dollar 给老妈买了一管 Dior 口红。

登机之后，我看着手里被袋子密封的口红，对自己暗暗地说："都结束了。"

补记

写完这篇流水账，我眼睛又湿了。

如同做梦一般完成的这次旅行，对我来说记忆犹新，一点一滴，很美好很快乐，关于吴有真，关于韩国，关于一切的一切。

吴有真，没大有良心的谢欧祝福你，希望你一切都好。

作者简介
FEIYANG

　　谢欧，生于 90 年代。（获第十二届新概念作文大赛二等奖）

第 4 章

微爱

或许这份平凡注定你们之间不会有任何交集，

他的生命里永远不会有你出现过的痕迹

亲爱的，傻丫头　◎文/漆慧娟

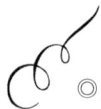

亲爱的，外面下雨了。很大很大的雨，噼里啪啦地拍打在阳台上，像是在油锅里煎荷包蛋的声音。亲爱的，你又想他了，对吗？她们说暑假里在新华书店看见他了，他还和她们打招呼。对啊，你一定也在想他为什么没有来找你对吧。是啊，或许他已经在那短短的假期里把你忘记了。

亲爱的，在他心里，你到底是一个怎样的女孩子呢？会不会是很惹人烦的那种？或许是这样吧，因为在高一的时候，他真的被你搞得挺累的。虽然你只是悄悄地告诉你的好朋友他笑起来特别可爱，你觉得这是秘密，可你或许还不知道女生之间是藏不住秘密的。很快，大家都知道了这个"秘密"。在大家心目中，你和他成了理所当然的一对。朋友们在他经过时会故意大声地叫你的名字，会和他有所指地提到你。但无论朋友们怎么拿他开玩笑，他都只是淡淡地笑着。亲爱的，你真的好虚伪哦，当别人在他面前开你们玩笑时你会红着脸否认，但在他背后，你一口一个"我家的"叫得那么亲热。

亲爱的，他遇见你算是一场噩梦吗？是吧，我也这么觉得。可是这个梦真的很容易就可以摆脱啊，只要他冷冷的一句"我们没关系"就足够了。可是为什么对别人的玩笑他都只是报以微笑呢，只要恶狠狠地撇清关系，一次就好。他这样的沉默算不算是忍辱负重呢？会有点慷慨就义的感觉吧，亲爱的，说不定他真的仅仅是没有在意这些，但他却在无意中为你保持了你那份小小的自尊与虚荣，你一定很感激他吧，我就知道。

亲爱的，天意弄人啊，当你还什么都没做也什么都没打算做时就文理分科了。当你知道他也选择文科的时候，你居然兴奋得一整夜没有合眼，只是抱着小熊坐在床上笑眯眯地念叨着：他学的也是文科呢，和我是一样的呢！真的呢，真的呢，他学文科呢！你那个傻样子真的好没有出息啊，可是当你看到分班表上他分在你旁边的那个班级时，你应该是虚脱了吧。可是我的亲爱的，你那么坚强，很快就接受了这个事实，决定努力学习争取追上他。是啊，在隔壁班已经不错了，至少可以经常看见他啊！

亲爱的，你还记得吗？那些你为了和他在同一个考场而奋斗的无数个夜晚。是啊，他居然可以给你这么大的精神动力。那时的你，困到不行时看到桌子上写着的那个目标眼睛又会立刻亮起来。在若干个顶着黑眼圈奋斗的夜晚后，你居然真的奇迹般地和他在同一个考场。你应该是很兴奋吧，可是那么冷的夜晚，内心澎湃的你应该不会觉得冷吧，但为什么那场语文考完后你已经站不住了呢？

亲爱的，当他走过来问你考得怎么样的时候为什么不告诉他你病了呢？至少请他帮你打个电话啊。我知道，一定是他那淡淡的微笑让你发着高烧的脑袋无法正常运转了。你就那样一个人拖着沉重的步子艰难地走在回家的路上，亲爱的，夜那么黑，那么冷，当时的你一定特别特别无助，是不是？

亲爱的，你觉得他会像你一样近乎疯狂地喜欢上海吗？如果他去上海，无论是在多么拥挤的人群中，你应该也可以一下子找到他吧。他长得那么高，当然容易找啦。可是就像你经常做的那个梦，繁华的南京路上，你一眼就看到了人群中的他，你兴奋着，欢呼着，可当你想叫他时，一切变得模糊不清，他已经离你越来越远。是啊，你太平凡了，千千万万的人群中，有千千万万的你，甚至有千千万万比你更好的你。为什么呢，为什么你总是觉得自己那么卑微？或许真的是太平凡了吧，从生下来就注定了要平凡到死。

亲爱的，为什么你的眼泪已经开始在眼眶打转了呢？或许真的是喜欢他太久太久了，实在是不愿承认自己的卑微已经成为一种对他的仰视。经常会想起他的笑，阳光似乎就那么洋溢在他的脸庞周围，微微翘起的嘴角，可爱的虎牙，眯成月牙缝的眼。亲爱的，你一直都不是那种小女生，但是很可笑的是，在看完那些无聊的偶像剧之后，你也会不自觉地一遍又一遍地产生联想。天冷了，男主角为女主角系围巾；女主角扭伤了脚，男主角温柔地为女主角揉按；女主角伤心流泪时，男主角心疼地擦去女主角眼角的泪水……但他的面孔出现时，你被打回原形，一切化作泡影，只剩下自己骂自己卑鄙下流无耻。亲爱的，或许这份平凡注定了你们之间不会有任何交集，他的生命里也永远不会有你出现过的痕迹……

亲爱的，你一直以为他并不是看到每个女生都笑，但事实证明你是错的。还记得那天早上值日时遇见他的情景吗，他向你说了一声辛苦了，你竟然很不争气地为之疯狂了一个星期。但有一天早晨，你在校门口看见了他，激动不已的你悄悄地跟在他的后面。上楼梯时，他们班一个女生在扫地，他笑着说了一声辛苦了，你当时已经快晕倒了。可是那个女生太强了，他只是问候了她一下，她居然说，不辛苦不辛苦，为人民服务嘛多谢你关心啦，不然你来帮我扫。他笑着走了，我知道你一直竭力控制着自己不让自己冲上去掐死她。如果他真的接过扫帚帮她扫地，我想你真的会抢过扫帚，然后，帮他扫。

亲爱的，他人这么好，女生缘应该很足的。而你只是围在他身边众多苍蝇中的一只，只不过他的心思暂时还都放在学习上，所以没有发生某一天别人告诉你他的女朋友是某某某然后你暴毙身亡之类的事情。你从来没有思考过自己是否有勇气面对这样的事实，但是这样的事总是要发生的，对吗？别人都说缘分是很神奇的东西，是啊，缘分真的是很神奇。高一分班后他在隔壁班，当高三分班时，他还是在你隔壁班，我想你那时一定看到一个叫上帝的老头在捉弄你后得意地捧着肚子笑。可是，这是不是代表着你们注定错过呢，甚至连有缘无分都算不上。

亲爱的，你记得吗，会考成绩公布的那个晚上。你考得出奇的烂，一个人趴在桌子上郁闷，看见同学们的笑容时，你突然很想知道他考得怎么样。在挣扎了很久以后，你终于决定去找他，虽然你们的班级只隔了一个楼梯，但那个叫上帝的白胡子老爷爷和我都知道这短短的距离对你来说是多么遥远。他被叫出来后，很惊讶地看着你，但不变的是，他的脸上仍挂着令人安心的笑容。你问了他的成绩，他的成绩依然那么完美，他也问了你的成绩。或许是想要获得安慰，或许是想要博得同情，反正莫名其妙地，你居然把那么烂的结果告诉了他。而他哦了一声之后，愣在了那里。最后你说了一句没事了之后狼狈而逃。

亲爱的，那天晚上之后，你终于发现原来自己连被他关心的资格都没有。是啊，其实你们之间什么都没有发生过也不可能会发生些什么。充其量只是同学，而且是曾经的同学，甚至连朋友都不是，真的不该要求些什么。其实是人都可以看出来，你们之间的那种不平衡。但是你总是不愿承认，哪怕那天晚上他的举动足以说明一切。亲爱的，答应我，不要沮丧好吗？其实这也没什么的，你也并没有打算做些什么不是吗？所以，没有结果才会是最后的结果，也是最好的结果。

亲爱的，为什么上高三后你的情感反而更加无法控制了呢？每天走过那个班级，习惯性地张望，在搜寻到你紧紧挂在心上的面孔后心满意足地离开，这就是你想要的吗？仅此而已？是啊，这样已经很幸福了，可是你小小的喜怒哀乐居然可以完全由一个人的表情牵动着。

亲爱的，或许你也没有想过某天早晨，你可以和他一起走向班级吧。看着对方从不同的方向走向同一个楼梯口，他还是那么温暖地笑着，你尽力平稳自己的心情，但还是胡言乱语了。一步，两步，"今天有点迟了，要走快一点喽，不然就要迟到了。"三步，四步，"没关系的，我基本上是这个时间，踏着铃声进教室嘛。"五步，六步，七步，心里悔恨着自己怎么会把自己的斑斑劣迹交代了出来。八步，九步，加快速度，转弯，十步，九步，"那你以后要早点啊，迟到可不好。"八步，七步，六步，"我总是赖在床上，不过我以后会尽力的！"五步，四步，"早起比较好啊，高三了，要加油啊。"三步，二步，"我到了，你也快进教室吧，再见。"一步，"好的，再见。"

亲爱的，二十级阶梯，你和无数人走过，可是那天的短短一段路程究竟被赋予了什么样的意义呢？而我亲爱的傻丫头，为了那个早晨不算承诺的承诺，你居然可以每天提前十分钟走出家门，虽然每天早上向窗里看去他的座位上是空的，可你的心里还是满满的尽是快要溢出来的甜蜜。

亲爱的，你说你有资格吃醋吗？对啊，没有，可是你竟然为了那个坐在他旁边几个星期的女生失去了理智。是啊，这怎么可以怪你呢，文科班里，女生坐前排是理所当然的啊，他们班只那一个女生坐在后面，叫人怎么不去胡思乱想呢。而且他和她聊天，同样温柔的笑容，却不是为你绽放。

亲爱的，你像只生气的小老虎一样，在自己的房间里叫着，不可以，不可以！可是，受伤的你不是受伤的老虎，你只选择一个人在黑夜里静静地哭泣，你不愿意打扰到甚至是伤害到任何人。可是，你这个样子，内伤会很重的，知道吗？虽然黑色的夜会给予你最大程度的保护，可你心里的伤口，要靠什么来愈合？

亲爱的，你真的是生气了。他看到你笑着向你打招呼你竟然装做没有看见，你真的好幼稚啊。他或许没往心里去，可是我亲爱的傻丫头，你为什么选择在白天假装坚强呢？那天在楼梯道里，他看见你，仍微笑着向你打招呼，你低着头走了过去，他一脸的不解。可是，你的头低下去的时候，眼泪就落在了地板上。其实，他们之间什么也没有发生，你为什么会这样呢？甚至，你狠狠地发誓说要忘记他，永远地，忘记。可能你自己没有察觉到吧，你在发出这样的誓时，心里竟然酸酸的，某种纠结的情感还在牵扯着，你真的可以吗，我的傻丫头？

亲爱的，忘记怎么能是你说做到就做到的呢。同学们兴高采烈地讨论着帅哥，大家等着你谈谈你的看法。"我啊，我喜欢小虎牙啊，笑起来好可爱，给人好温暖的感觉。"话说出口，你就后悔了，那个你发誓要忘记并且用了很长时间付诸实践的人，居然还是可以条件反射般脱口而出。同学们继续着，幸好，没有人就你的意见展开讨论，也没有人看见，低下头去的你，泛红的眼眶里噙着泪水。

亲爱的，忘记一个人好像真的很难。在若干次的"假装没看见"后，某本小说里的理论狠狠地抽了你一顿，那本书里写"真正不爱了，就可以坦然面对，而不会选择逃避。正是因为还爱着，所以无法割舍，所以无法坦然"。亲爱的，你的举动是不是意味着你并没有忘记他呢？原来你也意识到了啊，我知道，你也没有办法。原来，他真的不是说忘记就可以忘记的。

亲爱的，在你决定让时间冲淡一切时，可恶的市一调来了。传说中的市一调考试，高三一轮复习结束后的检测，重要性仅次于高考。而经过若干年的经验总结，老师很郑重地说，市一调的成绩和最后高考的成绩基本是一致的。是啊，你一定也在想，那下半学期用来干什么呢，市一调考完回家玩半年来之后直接参加高考好了。可你不知道，对你来说，这是个诅咒。

亲爱的，或许你已经尽力地让自己心无旁骛了。坐在市一调的考场里，带着紧张的心情看着考场里的每一个人。可当他走进考场时，你的心又一次沉了下去。他走了过来，在你旁边一排坐下，没有坐前面一张也没坐后面一张，刚刚好在你的旁边。曾用那么多夜晚换得的"成就"如今竟然是"随机"办到的。这算缘分吗？我知道，你又看见了那个叫上帝的淘气的老头指着你开怀地大笑。

亲爱的，这试还怎么考下去呢？他咳嗽了，有没有吃感冒药呢；他的笔掉在地上了，会不会摔坏呢；他用面纸擦眼睛了，很累吗……亲爱的，从头到尾他只在第一场开考前礼貌性地向你问了好，你在一边兴奋个什么劲儿呢？这一切不是早就已经结束了吗？而我的傻丫头，你又在做些什么呢？

亲爱的,他会累吗,一直被你纠缠着。他是不是也有过抓狂的夜晚,因为想到了你。或许你从不曾走进他的世界,甚至一直停留在陌生人的那个阶段。你真的很懦弱,一直都是别人告诉他你喜欢他然后你在旁边红着脸说不是啦不要听她乱说。他一直都在微笑,这样无谓的澄清只是为了你那小小的自尊。那么,他会相信吗,那么多人一直在重复的那个话题。到现在,你连谢谢他的勇气都没有,我想你永远也不会有勇气亲口告诉他,某个时候,某个角落,有一个平凡的、小小的你,那么地,那么地,用力喜欢着他。

亲爱的,你又哭了,或许你自己也不明白这是为什么,泪水就止不住地流了下来。或许这样的思念已经成为了你的习惯,真的不想割舍。夜深了,熟睡的他会不会想起你呢？亲爱的,我知道,从第一个人告诉他你喜欢他时,你就开始觉得你很卑微,不管他作出的是什么样的反应。这种卑微,就像某种无法形容的恐惧,一点一点紧紧地把你缠住,任你怎样挣扎,也无法摆脱。

亲爱的,我知道,你只是很想告诉他,你真的是像别人说的那样喜欢他,而且,这份喜欢,在你心里藏了很久很久。甚至久到它已经成为一种习惯,成为一种帮助你克服困难的力量,即使一直都知道,他从来都不曾喜欢你。这样的喜欢,应该不算是暗恋吧,我知道,你一直都觉得暗恋很窝囊,呵呵。这样的喜欢,应该永远都不会有结果吧。已经没有勇气再这样继续喜欢下去了,因为每一个下雨天,都会因为这样的喜欢而伤心难过。所以,我的亲爱的,你默默地喜欢了三年,用力地喜欢了三年,真诚地随着他的喜怒哀乐而喜怒哀乐了三年,这已经足够了。

亲爱的,不哭,好吗？我知道,这种喜欢已经悄悄地,深深地渗进了你心里面的每一个角落。可是,就像你自己一直都清楚的,这是不会有任何结果的,不是吗？三年,三年了。好像真的很久了,从来没有想过自己会在某个人毫不知情的情况下一厢情愿了三年，一心一意地一意孤行着。亲爱的，我知道，你只是想找到一种途径，让他知道，曾经有一个傻丫头，那么努力地爱着他。

亲爱的，让这一切都真的变成"曾经"好吗？虽然你已经说了无数次类似的话。我知道，那种想念，已经像每天的三餐一样必不可少，它已经随着你的血液流遍了你身体的每一个角落。我明白，让你把这一切置于回忆里，那种彻骨的痛，已经不是你眼里翻涌的泪水所能表达出的了。可是，想念他的时候，还是会痛，虽然苦涩中带着些微甜蜜，可这份甜蜜终究不是属于你的啊。

亲爱的，我的傻丫头，听话，我们把眼角的泪水擦干，好吗？姑且相信，有一个属于你的王子，在你生命的前方，等待着你。所以，只需要坚强地走下去。一直，一直，很坚强，勇敢地走下去。亲爱的傻丫头，不哭了，这一夜，最后一次用力地想念，奢侈地把对他的思念全部透支完好吗？亲爱的，相信我，没有了对他的那份爱，你依旧可以坚定地追求你的梦想。亲爱的，不怕，明天的阳光还是会很灿烂，淡淡的粉粉的金色还是会慷慨地围绕在你的身边。我的傻丫头，我们一起坚强地擦干泪水，用甜美的微笑迎接那个生命中不再有他的明天，好吗？

作者简介
FEIYANG

漆慧娟，女，笔名四玉，1992 年的夏天出生于江苏盐城，快乐的狮子座。崇尚余秋雨的散文风格，欣赏张爱玲的小资情调，希望自己的文字可以给人们带去快乐和希望。（获第十二届新概念作文大赛一等奖）

微爱　◎文/应颂祺

你好。

Prince Danson，是我帮你起的名字，我在心里面悄悄地叫你，我的王子 D。

希望和你一起，到宇宙的另一个空间。

真正和你认识，坐在你身边的我，不知为何变得文静而沉默，你似乎没有在意，总是喜欢逗我笑。

我很开心，每时每刻微微转头便会看见你温润的侧影，薄薄的阳光在你的脸镀上了一层浅浅的金黄，你扬唇而笑，如同小时候灰姑娘的白马王子一般干净美好。我又好害怕，害怕哪一个女生不经意间看到这样的你，她一定会像我一样喜欢你，我害怕她把我心里面的你抢走。

因为可以坐在你的身边，每一天来到学校都是一件幸福的事情。大树小鸟云朵还有打太极拳的老爷爷，树影的罅隙间每一抹阳光的碎片都倒映着温柔微笑的你。我想象着你睡眼朦胧刷牙的样子，傻傻的眼神好像小时候妈妈送给我的沙皮狗一样可爱。如果是物理课，现在的你大约已经站在讲台上了吧。你可不能偷懒哦。记得抓抓你前额的头发，那不规矩的卷翘让台下我同学都笑弯了腰。

我总是偷偷地用余光仔细地打量你，努力记住你的每一个微小的习惯。你有着长长的卷卷的但并不浓密的睫毛，不自觉地掩住了你眼中的星光，光泽打在上面显映着纯净的色彩。羡慕你如俄罗斯人一般挺傲的鼻梁，或许你自己都不知道吧，你的鼻翼右侧有一颗小小的小小的痣。这一切的一切，我全部都知道，我全部都记得。包括你喜欢穿微长的衣服，喜欢曼联，喜欢 F1。我要把这些当作证据，当作于你想要逃离我的时候，留住你的理由。

当然，前提是，你在我身边。

你喜欢的女生，是我最好的朋友，我一直都知道。看到她开心的时候，你会轻轻地笑，常常被旁人打趣，你会害羞地侧目，然后嘴角硬地不承认；看到她懊恼的样子，你会像个小老头蹙起眉，甚至于她迟到的时候，你都会因为老师还没有来而感到庆幸吧？

当我和她走在一起，你会跑过来与我交谈，我却能够感觉到，打散在空气中来自你的温柔的气息，只是给予的对象，不是我而已。你不知道我有多羡慕，一直占据在你心里的她，我更羡慕，那些喜欢你而可以面对你的女生，你会用温柔包裹每一个人。我一直是那个胆小的我，靠近你也会不自然，只能够在遥远的地方看着你，还有另外一个她，守候着我一个人地老天荒的童话。

只要看见你，便会开始我心里异次元空间的想象。夜幕，我与你在草丛从不同方向相向而行，星儿善良地藏起来，留给我只有你的空间，月光缱绻地打在你半闭的双眸上，让我抬起头，就可以看见你的眼睛。擦身而过的瞬间，我嗅到樱花的微芳，四叶草悄悄在一旁开放。我触到你指尖的温度，那么那么短暂的一瞬，我觉得好像浸在你的温暖中。我和你一样高，不是恰当的情侣高度，可是我希望，可以微微蹲下，然后拥抱你，在百合花的柔软里。

上个星期，我看了岩井俊二的《情书》，于是想要写这封信给你。银幕上，干净的男孩子与清秀的女孩子骑着自行车并驾齐驱，如同纯白色的你和默默跟随在你身后的我。我从来从来都不敢告诉你，我喜欢你，只是一个人在自己的空间里栽下茂密的蔷薇，然后梦想旖妮的月光把我们的城堡打扮得芬芳。

即使在这个世界，我和你只有接近没有交集，可是我会努力，创造那一个我和你的异次元。我相信白雪公主的小屋与摩天轮的童话，棒棒糖的甜蜜会带来幸福的水域。泡沫幻化的爱情，有一触即灭的忧郁。小四说，青春是道明媚的忧伤，你是我的阳光，即使，你会让我忧伤。prince D，prince D，喜欢这样叫你，我不是凄美绝伦的小人鱼，可是，你是王子，不是我的王子。

如果，我可以和你参加一场化妆舞会，我想，我会穿上繁复华美的公主裙，戴上孔雀羽毛镶嵌的眼饰，让你第一眼便看见我却认不出我，然后你会像中世纪的绅士般向我屈膝伸出你的手，我就会拥有你的公主般幸福的感觉。

什么时候，你会接受我的邀请，到我的异次元空间，做客。

prince Danson，我的王子 D。

我喜欢你。

作者简介
FEIYANG

应颂祺，笔名染柒。1994 年 5 月 31 日生于广西柳州。性格安静而不内向，善谈而不张扬。对文字有自己的坚持，相信梦想就在不远处。热爱文字与钢琴的小女生，期待并且害怕未来。热爱苏童、简祯、纳兰容若、杜拉斯、黄碧云。臆想症患者。文字趋于意识流，认为创作是艰难并且孤独的事情。
（获第十二届新概念作文大赛二等奖）

628 札记　　◎文/温暖

　　最好的辛苦，是想你想到哭。

　　最后的最后，我还是哭了，眼泪落在书桌上听到一半的高三人教版听力训练上，漾起一片混沌的冰蓝。

　　复读机咿呀作响，遥远仿佛隔有亿万年时空。

　　认定了喜欢你是一件分外美好的事情。在我念高中漫长的两年时光里，每一次遇见你不能自已的甜蜜的紧张，每一天漫无边际漫长的回味，偷偷铭记的你眉眼间淡淡的表情。

　　你走起路来有一种懒散的挺拔。

　　还有你说话时柔软温和的样子。

　　你曾经告诉我你的名字并要我记住它。

　　却不曾知道我已悄悄念过它千百万遍。

　　你现在说这确实是一个笑话，你说你赔不是。

　　谢谢你。我想说，没关系。

　　我又想起我最后一次遇见的你了。跳开几近空白的两年，招呼之后你停下蹭楼的脚步同我说话，你回过头俯视我，嘴角有软软的笑意。隔着数层楼梯我仍能闻到你身上干净的、青草般的气息，你黑，高，且瘦，你沉稳干净一如众星捧月的地中海，你在不经意不知情间贯穿了我心底最柔软的部分，令心脏如含苞待放的花朵，不曾浇灌但不停生长。

你看，你种植在我身上的，是何其奇特又强大的根系啊。

而这一切竟全部源自你体内，与生俱来的完美。

眼泪落下来，模糊掉屏幕里每一行字，模糊不掉心里的念想。

不晓得这样下去，键盘会不会坏。

也不知道这最后一年，空气的味道会不会改变，阳光的暖意会不会收敛，会不会在想起你的每一刻明显感到一切都变得清新许多，会不会因为知道你也曾走过这里便从此迷恋这里的每一寸土地。

我到现在都记得那一年在侧楼梯间看到你时你略微急促的招呼，你的目光在我身上停留不到一秒便焦急转开至下着楼的庞大人群，我到现在都记得我那时不由自主转回脚步时泛滥于心的，酸酸甜甜的紧张。

我到现在都记得，那之后自己空空落落的心。

我总是自认为我是为你们牺牲了的，我希望你们在一起，你便会每天像这样，在我看得到的地方等她。

而每天都能看到你，是我想都不敢想的，最奢侈的幸福。

可你们连这样的机会都不曾给我。

我绕树三匝，无枝可依。

我是连自己都唾弃的跳梁小丑。

而这一切的一切，都因为我喜欢你。

简简单单，几近透明的，从 2006 年初秋下午的篮球馆看到你站在右角边线侧过下巴与队友随意搭话或者其他时便笃定于心的，喜欢你。

这么简单透明没有一丝回转余地的事情。

这些日子打扰你了，对不起。

我在这里郑重地向你发誓，以后都不会再有。

而且我想，有一些在我身上已经形成为习惯的事情，也会从此消失了。好比说总是抓住一切机会在校园各处流连，好比说张狂着灿烂的笑脸对每一个眼熟的路人打招呼。

想要走每一寸你走过的路，甚至有时不害臊一点，想要遇到你。

想要在看到你后自然且不被怀疑地与你打上招呼，所以不得不给人热情，见谁都是如此的印象。

是这样那样在遇见你之后养成的习惯。

放心，都会因为你的离开，坍塌崩溃，不复存在。

87 条手机讯息之后，我放弃。

连与你保持联系的最后方式都放弃，我不想再同你说上一句话。

不想看到你，不想听见你，不想想起你，大脑在不断传达抗拒你的指令，拯救自己。

你是种植在我心底的毒蛊，需要结集全身的努力予以剔除。

爱，莫深于心死。

我曾无数次说，我对你啊，就是一点点浅浅淡淡的喜欢，和极深极深的仰望。

现在看来，绝非如此。

作者简介
FEIYANG

温暖，笔名另维，1992 年 3 月 29 日生，满族。烟霞癖，信佛，善舞善琴，爱旗袍，待篮球胜命。7 岁入中国少年作家协会，连年优秀，已逾十载。作品散见于《萌芽》《最女生》《花火》等。(获第十二届新概念作文大赛二等奖)

千秋 ◎文/徐真然

千秋：

新年快乐。

手小手春节的时候在外地痛苦地活着，所以没办法在大年夜的时候打电话痛苦地折磨秋爷。没办法折磨秋爷，手小手很痛苦。所以手小手同学写了这个玩意儿。

现在离深夜还早，但是我过早地窝在被窝里。从很早的时候起，我就想正正式式地给你写一篇东西。不是那种积郁半日后一挥而就的散文，然后草草附上"给我亲爱的秋爷"；也不是那种在博客里梨花带泪矫作不堪的行段式文章，然后在文末用含蓄的口吻说"千秋秋呐我想着你"。

不是。什么都不是。在挂断你的电话之后，我又打给鱼，然后再一次打给团。面对房间内同样焦躁不安的湿冷，我以为我和世界交流的途径仅剩下卑微的空气。我想，我时常陷入这样烦恼的幻境。我只想开口说说话而已。

然后我洗澡，在滚烫的热水从我脊梁一泻而下的时候，在满眼的温热氤氲中，我恰如其分地想念你。我一个人沉默着在脑海中闪现所有华丽的语句，我告诉自己要写给你，要把手小手同学最为熟稔的流金词藻一字一句地刻画进我最好的一篇文章里。

好吧，在某种程度上，我们是相同的两人。有着强烈的人格分裂，时常在独自一人的时候被胸腔内逆流而上的沼气呛出无聊的泪水。但是我不知道如何才能平息你的痛苦。而事实是我也从未想过为何会想要分担你的痛苦。你有陪你走过高中岁月的鱼，我也有团。所以我只能在图书馆里，故作镇定地翻着各类重复的书籍，隐忍地想从心里伸出一只手，把逐渐微凉的你拉向热血沸腾的我的身边。

能和一个人分享故事，是属于两个人的美好。

在这里我所度过的最美好的时光，是在考前最重要的时刻和团一起逃课，是每次体锻课在 KFC 莫名消耗的分分秒秒。还有，在最美好中最为温暖的，是和你在教室里面，看冬日的阳光如同肤色一样自然而然地倾斜在你的头发上，然后你抬头用英语和我交流对各种事情的看法。你肩膀上的光像是窸窸窣窣的杏仁屑，轻轻抖动就可以掉下一整地的美好。

和每个人都有不同的时光。

像是和团一起的与生俱来的安全感，和鱼在放学后一起徒步走过的澄黄街景，都让我在每一次想起的时候感到快乐万分。这就是那种所谓的感情吧？

不想说的是，自己不知道有多少次被你所感动。

在粗糙堆积的水泥地上席地坐下，眼前是一条莘绿的河，水面上飘荡着青幽幽的各色水生植物，都被豆黄色的细麻绳一一扎好，随风动荡。面前是行走自如的学生和农民，还有严冬的冷风配合着远处袅袅升起的浓烟一并向东卷起。我就在这样冷漠的景致中，恐惧地在手机上按下你的电话号码，漫长的拨通过程后我听见了你的声音，终于在那一刻我压抑不住内心的慌张手足无措地哭泣起来。并没有来学农的你意识到我哭了，然后用撒着娇的语气说"啊——别哭了啊"。那一瞬间我感到体内的血液恢复了温度，才开始缓慢循环起来。原来这世上除了团，还有人值得我去相信。

在多次投稿未果，比赛无期的日子里，折磨着我的是自己的文笔。写再多也没有了原来的感觉，文章除了突发性的矫作没有更为深入的内容。我在瓶颈的洞穴里死死徘徊，久久未果。拿捏着笔的一分一秒都觉得煎熬。我觉得自己江郎才尽，人生中所剩无几的才华也面临终究的泯灭。教室里被吆喝着上台读自己的文章，面对这样的班级其实本质上并没有多大的热情。（写到这里我又和你打了个电话，再次迅速地挂断。）然后冷淡地读完文章，我看见你向我走来，然后说"妈的你文章写得太好了，不去当作家浪费啊！"对于那一刻，我把心中的温热不再归为莫名其妙的感动，而是变成定格的、完好的、只对你的感谢。

……

还有很多很多。

看吧，我知道。这篇文章其实并非会给你带来完整的感动。有可能这样的浪漫比不上一个悄声无息的家伙到你家楼下放烟火，这样的礼物比不上一首藏头歌过后的幸福泪水。但是这是我仅有的方式。

这是我答应过我自己的事，却还要自私自利地塞给你看，真是烂的手小手啊。

但我是这样认为的。每个人都会在人生的旅途中遇到不同的同伴。在行走的过程中接纳和付出各种各样不同的情感。时光用掌心把我们推向生命的一个又一个极端，让我们在巅峰中狂喜，在沉默中落泪，在患得患失中怅然失措，在含糊不清中发了疯地成长。

简桢在《四月裂锦》中说"认识你愈久，愈觉得你是我人生行路中一处清喜的水泽。"这句话看得我欲掉泪。多好的形容，清喜的水泽。

我清楚地知道，想要抓住你的心，并非是坦露无疑地剖开自己的心扉，而是要像钓鱼一样对你若即若离。被你拥有的东西你并非真正懂得如何去珍惜。就好像一地散落的向日葵花瓣，细腻的金灿灿，但原本的生命却只剩下光秃秃的墨绿色的支杆。与其一片一片撕碎天然的美丽，不如乖觉地控制自己前去破坏的欲望。

我竟然在和你说大道理。

手小手写到这里有些纳闷，不知道该怎么继续下去。

（因为我在努力让这玩意儿消音一点。）

现在离深夜很近。我喉咙干燥地捧着 HP 手提给你写信。妈妈说，年少时分再好的伙伴，都会随着时间的迁移而逐步走上自己的未来，而假以时日，能够在远方给你寄上一封信，心中挂念着一份情，已经是格外厚重的情谊。

我想我会的。我想象我们乘坐着很旧很旧的公交车，坐在生锈的冰凉铁质座椅上。我们像鲸鱼一样缓慢驶向森林的最低处，两边是各种清脆的春绿色，吹过耳边的是青玉般的凉风。我们在雨水充沛的夏天结尾处相遇，在旅途的终点站下车后吃你带来的便当。

我不知道在多久以后我们会割断了彼此的联系，又或者在命运巨大的齿轮下因为一件小事而各奔东西。我会在心里一直想着你。

或许，你会在某一个疼痛难忍的清晨面带泪水地醒来，身边的人找出镇痛片要你顺从地服下，那一刻你会记起我。

或许，在你有着一如既往的婉转情绪而找不到人述说的时刻，你会收到同样辗转难眠的我的短信，闭上双眼你会看到我的存在。

或许，你在某一家 Starbucks 内出人意料地听见 Lily Chou-Chou 的音乐，点的是一杯超大杯的焦糖玛奇朵或是少糖的拿铁，离去的那一刻你恍然遇见了我。

我爱团。爱你。爱鱼。不亚于少年时分的任何一场狂欢中的热烈情感。

要相信！！！不管怎么样，你的背后还有手小手。

只好晚安了。

晚安，亲爱的秋爷。如果此刻的你还没睡的话。

手手

作者简介
FEIYANG

　　徐真然，女，笔名手手，1992 年 8 月生于上海，狮子座。思考写出简单却能温暖人心的文字。目前最大的兴趣是系统解剖学。喜欢的作家有龙应台、伍尔芙、落落、七堇年。曾获第 21 届"新纪元"杯作文竞赛一等奖，2008 年上海十佳校园写手"新锐写手"称号。(获第十二届新概念作文大赛一等奖)